리스크 없이 바람 피우기

리스크없이 바람피우기

자비네 에르트만 · 불프 슈라이버 / 이명희 옮김 / 김재화 고쳐 씀

초판 1쇄 펴낸 날 _ 2003.04.25

펴낸곳 _ 북키앙
펴낸이 _ 정상우

북PD _ 정서정, 박상준, 배효성
유통관리 _ 백정필
디자인 _ 디자인 붐
출판제작관리 _ 책공방 공책(대표 김진섭) · www.bookworks.co.kr

등록번호 _ 제 22-2190호
등록일자 _ 2002.08.07

주소 _ 서울특별시 서초구 양재동 23 E-biz 타워 507호 (137-130)
대표전화 _ 02-2057-8434, Fax 02-2057-8506
이메일 _ book@bookian.co.kr / 홈페이지 _ www.bookian.co.kr

· 값은 표지에 있습니다.
· ISBN 89-90509-08-4 03850

만물상자 만물상자는 북키앙의 실용, 대중문화 분야 전문 브랜드입니다.

자비네 에르트만 · 볼프 슈라이버 원작
이명회 옮김 | 김재화 고쳐 씀

만물상자

혹시 맥도날드에 가 보셨는지. 요사이 그 기세가 한풀 꺾였지만 한때 맥도날드는 전세계적으로 매년 수백 개의 새로운 체인을 개점했다. 이 패스트푸드 브랜드의 사세 확장에 큰 기여를 한 사람들은 엄마 손을 붙잡고 따라온 어린아이에서부터 작업복 차림의 노동자, 최고급 아르마니 양복을 입은 신사들까지 다양하다. 그들은 끈기 있게 줄을 서서 플라스틱 쟁반으로 햄버거와 감자튀김을 받쳐 들 순간을 기다린다. 하지만 점잔빼는 많은 사람들은 여전히 모두들 맥도날드엔 한 번도 가 본 적이 없다고 말하며, 그곳에 있는 자신의 모습이 미식가 친구들 눈에 띄는 것을 원치 않는다.

이것은 바람피우는 일과 아주 흡사하다. 만일 여러분이 - 독일 인구 중 약 4천만 명이 바람둥이라는데, 그 가운데 한 사람으로서 - 공공연하게 드러내놓고 "몰래 사귀는 애인 있어." "지난주에 애인이랑(하룻밤) 잤어." "난 터키탕에 다녀." "가끔 콜보이 불러서 자기도 하지."라고 말한다면 당신의 머리 위에 꽂히는 싸한 시선을 느낄 수 있을 것이다. 만약 그 얘기가 당신 회사의 사장 귀에 들어갔다면, 그 자신은 바로 전날 고급 매춘부에게 월급의 반을 날렸다고 하더라도, 여러분을 해고하거나 혹은 경멸스러운 눈빛으로 신랄하게 비판하고, 업무에 해가 되는 존재라고 낙인찍을 것이다. 만약 은행의 대출 담당자가 그 사실을 알기라도 한다면, 여러분이 꿈같은 집을 지으려고 대출한 대출 금액의 95%를 갚았다 하더라도 더 이상 연장해 주려 하지 않을 것이며, 무어라고 알아들을 수 없는 말을 중얼거릴 것이다. 뿐만 아니라 가장 가까운 친구들조차도 고개를 가로저으며 혐오감을 나타내면서 등을 돌리고, 윤리가 어쩌니 하는 한마디를 잊지 않을 것이다. 하지만 그 말을 끝내기 무섭게 당신 친구들은 포르셰에 올라타서는 시속 100km로 가장 가까운 곳에 있는 유흥가로 질주해 갈 것이다. 주위의 성인 남녀 중 절반이 당신보다 더 노련한 바람둥이라고 해도, 그 중에서 떳떳하게 여러분을 이해한다고 말할 사람은 아무도 없을 것이다.

공공 윤리라는 것은 매우 까다로운 문제이며, 성생활은 공공연한 문제임에도 불구하고 개인적인 이성 관계에 대한 사람들의 생각은 매우 보수적이기 마련이다. 격렬한 섹스에 대해 이야기하는 것은 늘 즐거운 일이지만, 누군가 실제로 배우자가 아닌 다른 사람과 그러한 섹스를 즐겼다면 일반 사람들이 가지고 있는 이중잣대에 의해 화를 입을지 모르는 일이다. 미래의 배우자에게서 가장 바라는 것이 무엇이냐고 묻는 설문 조사에서 가장 많이 등장하는 말이 '신뢰감'이라지만, 그 신뢰감은 언제라도 깨어질 수 있다는 것을 우리는 잘 알고 있다. 하지만 이런 사실은 항상 그렇듯이 위선으로 잘 가려져 있다. 이러한 현실에서 사람들의 이중적인 윤리 의식에 대해 핏대를 높여 싸우려 드는 것은 바보 같은 짓이다. 당신의 용기를 격려해 줄 주변 사람을 찾기가 힘들 뿐더러, 무엇보다 당신 역시 그 이중성에 감염되어 있기 십상일 것이기 때문이다.

결국 우리기 할 수 있는 최선의 조언은 오른손이 하는 일을 왼손이 모르게 하라는 말일 것이다. 그렇지 않으면 고통을 받게 되니까.

자, 그러면 이제 좀더 구체적인 얘기를 해보자.

우선 남성 독자에게 묻고 싶다. 만약 당신의 부인이 결혼 이후 체중이 20kg이나 더 늘고, 한 달에 한 번쯤 불을 끈 상태에서 겨우 5분 정도만 몸을 허락하며, 투피스 정장보다는 운동복을 즐겨 입고, 친구들과 종일 쇼핑을 하면서 비싼 물건이나 사 들이면서, 당신이 가질 수 있는 불평 불만을 말없이 감수하라고 요구한다면, 그리고 그것을 감수하는 것이 최고의 덕목이 되는 게 당신 결혼 생활의 현실이라면 언제까지 그것을 버텨낼 수 있을까?

반대로 여성 독자들에게도 묻겠다.

당신과 함께 살고 있는 남정네를 곰곰이 살펴보라. 그는 동료들과 술집에서 맥주에 감자 칩을 씹어 가며 열성적으로 축구 응원하는 것을 제일 좋아하고, 잦은 출장으로 집보다 호텔방에서 지내는 날이 더 많다. 하루 10시간에서 16시간 일하고 집에 돌아오면 겨우 5분쯤 아이들 얼굴을 볼까 말까 한 탓에 제 아이들 얼굴 한 번 쓰다듬어 줄 여유도 없는 그는 '일벌레'라는 진위가 의심스러운 호칭에 내심 겨워한다. 숱 많은 머리에 멋진 몸매는 간데없고, 이제는 몸이 닿을 때마다 순환 부전이나 심근 경색으로 쓰러질까 봐 겁이 날 정도로 불룩 나온 맥주 배에 반쯤 벗겨진 머리, 게다가 고약한 입 냄새까지 풍기며 잠자리에 드는 남자. 당신이 하루 종일 무엇을 하는지 도무지 관심이 없고, 장미꽃 한 송이 사 들고 오는 적도 없고, 영화나 연극을 보러 가자는 얘기도 없고, 이태리 레스토랑에서 촛불이 켜진 멋진 테이블에 앉아 저녁 식사를 하자는 입에 발린 소리조차 하지 않는 그 남자에게 한마디 불평도 할 수 없다고 상상해 보라. 이 배불뚝이 한 사람하고만 30년 또는 그 이상을 살아야 한다면 그 긴 시간을 견뎌 낼 수 있겠는가?

무엇보다 슬픈 일은 우리 모두에게 인생은 단 한 번뿐인데

다 매일 하루씩 단축되어 가고, 다시는 되돌릴 수 없다는 것이다. 독자 여러분은 배우자 아닌 다른 사람에게서 느끼는 자극과 전율이 어떤 것인지 잘 알고 있을 것이고, 그러기에 평생 정절을 지키고 싶지는 않을 것이다. 하지만 자유로운 싱글이 될 수 있는 적법한 절차인 '이혼'의 길을 택하는 것 역시 현명한 선택이 아니라는 것을 누구보다 잘 알고 있을 것이다.

남자들이여, 정말로 와이셔츠를 손수 다려 입고, 욕실 청소를 하고, 밥하고, 납세 등급이 낮아져 양육비를 제하고 나면 남는 돈이 거의 없어서 생활 보조비 정도밖에는 되지 않는 적은 수입으로 겨우겨우 살아가고 싶은가? 여자들도 마찬가지다. 정말로 혼자서 종합 소득세 정산과 자동차 유지비에 신경을 쓰고, 아이들에게 왜 반 고아처럼 자라야 하는지 해명하고, 갑자기 실직이라도 해서 외국으로 나가 불법 노동으로 돈을 버는 전 남편에게 양육비 문제로 소송을 제기하고 싶은가? 누구도 그러고 싶은 사람은 없을 것이다.

이 딜레마를 해결하기 위해서는 단순해지는 것이 최선이다. 단순한 연애, 외도, 하룻밤 섹스 파트너 등으로 그 문제를 간단하게 해결할 수 있다. 본인이 가장 편하다고 느껴지는 대로 인생을 즐겨야 한다. 이 세상 어느 누구도 여러분에게 가정과 성적 욕구 충족 두 가지 중에 한 가지를 선택하라고 강요할 수는 없다. 두 가지를 다 가지면 안 된다는 법이라도 있는가?

하지만 유감스럽게도 설문 조사 결과에 따르면 이 짜릿한 이중 생활을 하는 사람의 80%는 배우자가 눈치를 채고 만다. 여러분이 그 당사자가 되면, 경제적인 파산과 지옥 같은 불면의 밤이 당신을 맞을 것이다. 당신의 인생이 일대의 전환점을 맞게 되는 것이다. 이혼 문제로 변호사 사무실과 법정에 드나들어야 하는 일이 생기고, 눈 깜짝할 사이에 당신의 멋진 집이 옥탑방으로 둔갑하게 된다. 아이들이 '문제아'가 될 위험은 높아지고, 사내 지원 파티에 부부 동반이 아니고 혼자 나타나는 순간, 당신을 둘러싼 소문에 출세에 대한 당신의 오랜 노력은 당분간 물거품이 되고 만다.

하지만 배우자가 당신의 은밀한 행각을 모르게 한다면 문제는 해결되지 않는가? '모르는 게 약이다' 라는 속담은 이런 경우를 위한 최고의 경구다. 배우자가 아무것도 모르고 당신 곁에서 만족을 느끼며 살아갈 수 있다면, 굳이 외도나 가벼운 연애를 한다고 고백을 해서 배우자에게 정신적인 고통을 주어야 할 필요가 있을까? 고백한다고 해서 더 나아질 것이 있을까? 여러분은 정말로 정직함만이 질투가 심한 배우자를 영원히 진정시킬 수 있다고 생각하는가? 그리고 고백을 해도 바람을 피울 때의 자극적인 느낌이 늘 똑같을 것이라고 생각하는가?

이 책을 통해 불륜에 대한 윤리 문제를 언급하고 싶은 마음은 추호도 없다. 이 책의 단 한 가지 실질적인 목적은 바람 피우는 일에는 탁월한 능력이 있고 경험이 풍부한 우리 두 사람이 독자 여러분께 직접 윤리적인 면에 대한 장황한 설명 없이 들키지 않고 바람피우는 데 필요한 노하우와 조언을 전하려는 것이다.

우리 두 사람은 연애 사실을 감추면서 비밀리에 바람피우는 데 필요한 구체적이고 안전한 노하우들을 여러분에게 소개하고자 한다. 하지만 이 노하우들에 에로티시즘을 기대하지는 말라. 그것들은 당신에게 실질적인 도움을 줄 수 있는 평범하지만, 실용적인 것들이다. 짜릿한 쾌락이니 낭만이니 하는 것은 여러분 자신이 당신의 애인과 함께 만들어 낼 몫이다.

노하우는 다음과 같이 세 가지 그룹으로 나뉘어진다.

폭탄 기호가 있는 노하우는 절대적으로 피해야 하는 것,

전구 기호가 있는 노하우는 배우자가 여러분의 책략을 눈치 채지 못하게 구체적인 행동을 해야 하는 것.

열쇠 기호가 있는 노하우는 배우자가 비밀을 전혀 알아챌 수 없는, 완전 무결한 방법.

더욱 중요한 것은 융통성과 상상력이다. 이 책에 씌어진 노하우 중의 일부는 경우에 따라서 변화를 주기 위한 자극이 될 수도 있다. 그리고 의심 많고 호기심 많은 배우자가 틀림없이 이 책을 살 것이라는 것을 미리 염두에 두어야 한다. 배우자가 이 책을 읽고 나서 여러분이 철저하게 준비한 알리바이는 물론, 외우다시피 연습한 핑곗거리를 기억해 낸다면 어쨌거나 문제가 생긴다. 그러니까 정신 단단히 차리고 이 노하우들을 당신에게 필요한 자극제로 생각했던 원래의 의도대로 적절하게 사용해야 한다. 묻지도 않았는데 미리 핑곗거리, 알리바이, 증거를 대면서 고자세로 대하거나, 얼버무리려 한다면 더 의심을 산다는 것도 잊으면 안 된다.

이제 시작이다. 독자 여러분, 이 책을 잘 이용하시고, 앞으로 가정 내에서도, 밖에서도 스트레스 없는 인생을 즐길 수 있도록 잘 감춰 두기 바란다. 책 감추는 방법에 대한 소개도 우리는 빠뜨리지 않았다.

_자비네 에르트만, 불프 슈라이버

고쳐 쓴 이의 말

나는 이 『리스크 없이 바람 피우기』를 사려 깊은 책이라고 감히 말하고자 한다. 적어도 이 책을 썼거나 읽고 있는 '깨어 있는 사람'인 우리만이라도 외도의 문제에 대해 둘 중 어느 한쪽으로 결정을 짓고 마는 이분법적 사고에서 잠시 벗어나 보자.

무슨 이야기인가 하면, 도발적인 제목의 이 책을 앞에 놓고, 외도를 좋다, 나쁘다 식의 도덕적으로 가치 판단하지 말자는 것이다. 대신 당신들 가운데는 지금 외도를 하고 있는 사람들도 있을 것이고, 언제 어디서 겪게 될지 모르는 교통사고처럼 언젠가 외도할 사람들도 있을 것이다. 당신이 누구든 외도와 관련해서는 좀 더 현명하게 대처하고 미리 점검하는 학습서로서 이 책을 평가해 주기 바란다.

'사람들은 왜 사회적 시선의 부담을 감수하고서 외도에 몰입하는 것일까', 그리고 '이제는 하나의 트렌드가 된 듯 보이는 '바람피우기'가 결혼 생활이나 연애 관계에 어떤 영향을 미칠 것일까' 등의 문제에 대해서는 사회학자나 가족 관계를 연구하는 사람들에게나 들을 일이다.

물론 이 세상의 모든 커플들이 서로가 부부이기를, 연인이기를 인정한 그 순간부터 (적어도 헤어지긴 전까지는) 서로만을 원하고, 다른 사람에게 절대 한눈을 파는 일이 없다면 세상 분란의 반은 줄어들 테지만, 그것이 가능하지 않다는 것은 누구보다 여러분이 더 잘 알 것이다.

외도는 인류의 역사와 궤를 같이 해온 인간사의 불가피한 현상이다. 그리고 의도했든, 그렇지 않았든 당신이 외도의 길에 들어섰다면, 그때부터는 그 사실을 신(神) 말고는 아무도 알 수 없게 해야 하는 것이 제1의 관건이다. 이 책은 그러한 여러분에게 어떤 식으로든지 도움을 주기 위해 씌어졌다. 여기에서 소개하는 모든 노하우들이 여러분이 직접 실행하는 데 적합할 수는 없을 것이다. 하지만 '바람피우는' 사실을 아는 사람은 오직 자신뿐이게끔 하기 위해 해야 할 일들의 아웃라인은 분명히 제시하고 있다.

애초에 이 책은 두 명의 독일인 '바람둥이'와 '바람순이'에 의해 씌어졌다. 막상 번역을 하고 보니, 여러 가지 경우에 있어 우리의 실정과 동떨어진 내용이 많아 그들이 제시한 틀은 최대한 유지하고, 한국 사람이 실제 써 먹을 수 있는 내용들로 책을 다시 구성했음을 밝힌다.

덧붙여 말하고 싶은 것 하나, 원작자도 말했지만 이 책은 바람을 피우는 사람, 그 당사자에게만이 아니라, 잠재적인 바람둥(순)이와 함께 살고 있는 배우자에게도 필요한 책이라 할 수 있다. 이 책을 읽어 보고, 남편 혹은 아내를 유심히 살펴보시라. 뭔가 징후가 보이지 않는가?

_ 김재화

목 차

원작자의 말 _ 5

고쳐 쓴 이의 말 _ 17

1장 _ 준비 단계 _ 25

만일 바람피우다 들키면 어떤 위험이 따를까? _ 27
: 불륜으로 인한 이혼, 바로 패가망신이다.

· 독일의 경우 _ 27
· 한국의 경우 _ 36

어떤 사람이 애인으로 적당할까? _ 48
: 뒤탈 없이 바람피우기 위하여 피해야 할 상대

· 사랑 문제 _ 49
· 건강 문제 _ 53
· 임신 문제 _ 55
· 찰거머리 _ 59
· 성도착증 _ 61
· 입방아 _ 63

상대의 외도부터 막자 _ 66

2장 _ 안정보장 | 들키지 않고 바람피우기 위한 노하우 _ 71

옷, 외모, 체취 _ 아침에 나섰던 그대로 집에 들어가기 _ 75

· 와이셔츠, 블라우스, 양복, 투피스에 남은 흔적을 효과적으로 제거하기 _ 78
· 육체적 애정 표현의 결과 _ 84
  : 할퀸 자국, 키스 마크, 푸른 멍을 어떻게 해명하면 될까?
· 섹스가 끝난 후 원래의 체취로 되돌리기 _ 88
· 귀가 전 마무리 바디 체크 _ 91
· 카섹스를 즐기는 당신, 차 안의 흔적을 없애라 _ 93

휴대폰과 인터넷 _ 흔적을 남기지 않고 연락하는 방법 _ 98

· 휴대폰을 이용한 애인과의 연락 _ 101
· 배우자가 절대 찾을 수 없는 곳에 휴대폰 보관하기 _ 107
· 비밀 휴대폰의 관리 _ 112
· 인터넷으로 애인과 연락하기 _ 115
  : 문자 메시지, E-메일, 메신저, 둘만의 커뮤니티

밀회 장소 _ 아무도 모르게 애인과 만날 밀회 장소 _ 130

· 애인 집에서 만나기 _ 133
  : 애인이 싱글인 경우에만 가능
· 가장 안전한 밀회 장소, 러브 호텔 _ 140
· 체크인, 체크아웃 _ 146
  : 흔적 없이 호텔 이용하기
· 경찰, 당신이 외도중이라면, 그들은 '공공의 적'이다 _ 153

외도 경비 _ 의심받지 않고 데이트 비용 마련하기 __ 162

· 감봉을 핑계로 한 급여 명세서 위조 __ 165
· 현금만 사용하기 __ 170
　: 인출에 대해 적당히 둘러대기

알리바이 _ 이렇게 만들어라 __ 183

· 비서로부터 가장 친한 친구에 이르기까지,
　누가 어째서 알리바이 성립에 부적합 또는 가장 적합한가 __ 186
· 알리바이 에이전시 __ 193
· 추적 불가능한 예약 등으로 근무 시간 중 알리바이 만들기 __ 195
· 수영강습, 헬스클럽 등을 핑계로 한 퇴근 후 알리바이 만들기 __ 198

3장 _ 이별 | 아무런 고통 없이 관계 청산하기 _ 207

감정이 풍부한 애인 __ 212
이성적인 애인 __ 216
섹스를 밝히는 애인 __ 220

마지막 노하우 _ 이 책을 어디에 숨기면 될까? __ 223

맺음말 _ 쿨리지 효과 __ 227

1 준비 단계

만일 바람피우다 들키면 어떤 위험이 따를까?

불륜으로 인한 이혼, 바로 패가망신이다

독일의 경우

어떻게 하면 배우자 몰래 바람을 피울 수 있는지에 대한 노하우를 전수해 주기 전에, 만일 들켜서 배우자가 당신이 저지른 행동에 대한 결론으로 이혼을 제기할 경우, 당신 자신에게 엄청난 위험이 닥치게 된다는 것을 잊어서는 안 된다는 당부를 먼저 하고 싶다. 모든 이별이나 부부의 이혼은 본인들에게는 물론 말할 것도 없고, 누구보다도 자녀에게 정신적으로 큰 고통을 안겨 준다는 것은 굳이 강조하지 않아도 다 알고 있을 것이다. 여기에서는 이별이나 이혼으로 인하여 생겨나는 아주 현실적인 결과에 대해서 이야기해 보고자 한다.

만일 배우자가 이혼 서류를 내밀고 공동 소유의 집을 떠나면 흔히 말하는 법정 별거 기간이 시작된다. 법적으로 정해진 12개월 이내에 두 사람은 실제로 이혼하기를 원하는지 아닌지 명백한 입장 표명을 해야 한다. 만일 당신이 이 기간 내에 배우자의 마음을 돌려놓을 수 있다고 믿고 바람피우다 들킨 일을 별로 대수롭지 않게 여긴다면 예측할 수 없을 만큼 심각한 사태로 발전한다는 사실을 명심해야 한다.

이러한 경우(대표적인 예로는 폭음과 상대에 대한 폭행)에는 법정 별거 기간이 만기가 되기도 전에 이혼(소위 '번개 이혼')이 성립될 수 있다. 법정 별거 기간 내에 배우자의 마음을 되돌릴 수 있다고 생각하는 당신의 여유로움과는 상관없이 간통 자체를 가장 나쁜 가정 범죄로 간주하는 판사도 있다는 점을 알아야 한다. 또한, 평생 단 한번의 외도로 끝낼 것인지 가슴에 손을 얹고 자신에게 물어 보라. 천만에 말씀! 한번 들키면 그 이후로 감시가 심해져서 그 다음 번에는 전보다 비밀을 감추기가 훨씬 힘들다. 어쨌든 배우자의 부정이 이혼 사유가 되는 기혼자가 바람을 피우다 들킨다는 것은 가장 바보 같은 짓이다.

번개 이혼까지 가지 않는다는 가정하에, 법정 별거 기간 내에 지켜야 할 사항은 다음과 같다. 두 사람은 각기 다른 집에서 살거나, 한 집에 살더라도 침실을 따로 쓰고, 생활비를 각자 부담해야 한다. 이 말은 개인 통장에서 생활비를 각자 부담하고, 장도 따로 보고, 빨래도, 식사도 따로 해야 하고, 이전에 당신의 배우자와 공유했던 모든 것들이 강제적으로

서로의 책임으로 분리된다는 의미다. 만일 배우자에게 경제적인 부담이 크다는 이유로 법정 별거 기간 동안 한 집에서 지내자고 설득할 수 있다면, 의도적인 실수로 인하여 법정 별거 기간을 연장할 수 있는 기회가 한두 번 생겨날 것이며(가령, 함께 식사를 한다거나 하는 등의 '위반'을 통해 법정 별거 기간이 늘어날 수 있음), 배우자가 이혼 청구를 취소하게 만드는 작전에 필요한 시간을 벌 수는 있을 것이다. 하지만 사정이야 어떻든 3년이 지나면 배우자는 이혼할 권리가 있기 때문에 이러한 줄다리기를 맘먹은 대로 오래 할 수는 없다.

이혼에 따른 비용

이제 이혼에 따라서 전 배우자에게 지불해야 할 비용에 대해서 알아보자. 우선 양육비 지불에 대한 소송이라도 해야 할 경우에는 변호사 비용만 해도 2,000유로가 넘는 것이 보통이다(2003년 1월 2일 현재 1유로=1,244.28원). 따라서 2,000유로는 약 248만 원 정도이다.

이혼 소송에는 금전적인 보상이라는 관점에서 경제적인 규정이 정해져 있다. 이것은 다음과 같은 요소들로 구성된다.

- 양육비
- 전 배우자 생활비
- 재산 분할 조정
- 연금 조정

_ 자녀의 양육비

이혼 후에 자녀의 양육을 맡는 배우자(대부분 여성)는 자녀의 친권자/양육자 자격으로 전 배우자의 순수입과 자녀의 연령에 의거해서 양육비를 요구할 권한이 있다. 일반적으로는 뒤셀도르프 조항(옮긴이:독일의 뒤셀도르프에서 처음 시작되었기 때문에 '뒤셀도르프 타블렛'이라고도 부른다. 부양에 관한 목록이나 표로서 연령에 따라 세분해서 양육비를 정해 놓은 것이다. 그에 따라 이혼해서 양육비를 지급해야 하는 사람은 월급을 지급하는 곳에서 양육비를 공제하도록 되어 있기 때문에 마음대로 주었다 안 주었다 할 수 없게 되어 있다.)에 의거해 오른쪽 표와 같이 양육비가 정해진다.

표를 통해 확인할 수 있듯이 자녀 양육비로 상당한 액수가 지불된다. 이것은 전 배우자에게 지불하는 생활비라고 하는 두 번째 요소에 비하면 아무것도 아니다. 이혼 소송에 대부분 적용되는 뒤셀도르프 조항에는 다음과 같은 항목이 있다. 경제력이 약한 배우자는 경제력이 강한 배우자에게 다음 계산법에 따른 생활비를 청구할 권리가 있다.

〈자녀의 양육비〉

월 순수입(유로단위)	0~5세	6~11세	12~17세	18세 이상
1,275 이하	183	238	262.50	303
1,276~1,470	196	238	281	324.50
1,471~1,665	209	253.50	299.50	345.50
1,666~1,860	221.50	269	318	367
1,861~2,055	234.50	284.50	336	388
2,056~2,250	247.50	300	354.50	409.50
2,251~2,445	260	315.50	373	430.50
2,446~2,740	274.50	333	394	454.50
2,741~3,130	293	355.50	420	485
3,131~3,520	311.50	377.50	446.50	515.50
3,521~3,910	329.50	400	472.50	545.50
3,911~4,305	348	422	499	576
4,306~4,700	366	444	525	606

(2002년 7월 1일 현재, 단위 : 유로화)

_ 전 배우자의 생활비

- 생활비 = (생활비 지불자의 공제된 순수입 – 생활비 수취자의 순수입) ×3/7

이것은 경제력이 강한 쪽이 자신의 수입과 이혼한 전 배우자의 수입 사이의 차액 중 3/7을 경제력이 약한 쪽에 지불해야 한다는 것을 의미한다.

공제된 순수입은, 본래의 순수입에서 자녀 양육비와 공동 재산 형성과 관련한 지불액을 공제한 금액이다.

가령 남편의 순수입이 월 4,000유로이고, 전 부인의 순수입이 월 2,000유로라면, 위 조항에 따라서 남편이 이혼 후 매월 부담해야 할 자녀의 양육비와 전 부인에 대한 생활비는 다음과 같다.

- 자녀 양육비 : 자녀가 10세일 경우 월 442유로(약 53만 원)
- 전 부인의 생활비 : $\{(4{,}000-442)-2{,}000\} \times 3/7 = 668$유로
  (약 83만 원)

전 부인이 이혼 후에 최소한 시간제 아르바이트라도 한다면 남자 쪽은 – 대개의 경우 수입이 더 많고, 이혼 후에도 자녀를 양육하지 않는 – 운이 좋은 경우에 속한다. 해당 법률에 의해 자녀의 양육을 맡은 여성은 시간제 일자리를 즉시 얻을 수 있을 뿐만 아니라, 그것으로 자녀의 양육권을 주장할 수 있다. 법정 판결에 의해 전일제 근무는 자녀가 14~15세가 된 이후에나 할 수 있다. 그러나 남성들은 협의 과정에서 의도적으로 아무것도 모르는 척 처신하는 상대에게 일을 하라고 강요하곤 한다. 반면 여성의 입장에서는 일을 원하지 않으면 일자리를 얻지 않고도, 더 많은 부양비를 청구할 수 있는 것이다.

수준 높고 호화로운 생활을 해온 고소득자에게는 상황이

더 나쁘다. 부양받을 권리가 있는 쪽에서는 매우 중요한 사회적 교제를 이유로 들어 골프 클럽이나 헬스 클럽의 회원비 등 생활비 이상의 요구 사항에 대해 소송을 제기할 수 있다. 그러면 부양할 의무가 있는 쪽은 전 배우자에게 어마어마한 회원비를 지불해야 할 의무가 생기게 되는 것이다.

_ 공동 재산 분할

또 다른 금전적인 문제는 소위 공동 재산 분배라고 하는 규정이다. 이는 부부가 함께 사는 동안 이룩한 자산 증식, 즉 결혼 직후의 부부의 '초기 자산'과 이혼 청구 서류가 접수되는 시점의 '최종 자산' 사이의 차액을 조사해서 분배하는 것이다. 결혼 기간 동안 부모님으로부터 집을 한 채, 또는 사업체를 상속받았는데, 이 상속받은 재산이 부부가 공동 자산 증식에 아무런 영향을 준 적이 없다고 하더라도, 이혼할 때 그 절반을 전 배우자에게 내주어야 한다고 상상해 보라. 그래서 이혼 소송 과정에서 상당수의 집이 팔리고, 피고용인들에게는 안된 일이지만 상당수의 사업체가 파산 신고를 한다.

_ 연금 조정

그 다음으로 연금 조정 문제가 남았다. 이 규정의 목적은 노후 보장, 즉 연금 보험, 공무원 퇴직 연금 등 다양한 요소를 분배하려는 것이다. 이 규정은 짧은 지면으로 상세하게 설명할 수 없을 만큼 복잡하다. 예상했던 노후 연금이 갑자기 절반으로 줄어들면, 플로리다에 그림 같은 집을 짓거나 해안가에 자가 요트를 정박해 놓고 싶은 꿈은 순식간에 깨어지고 만다.

이혼 후 10년간 당신이 지불해야 할 돈은 36만 3,664유로(약 4억 5,000만 원)이다.

마지막으로 이혼으로 인해 일정 기간 동안(예를 들어 10년) 얼마나 어마어마한 액수의 돈을 쏟아부어야 하는지 이해하기 쉽게 예를 들어 계산해 보자. 순수입 3,500유로인 남편과 무직인 부인을 기준으로 지극히 평범한 가정(4세, 6세의 자녀를 둔)을 예로 들어 보자. 자산 조정을 통해 지불해야 할 액수는 결혼 기간 동안 지어서 그 사이에 빚을 다 갚은 상태인 집 한 채와 기타 재산을 나눈 12만 5,000유로이다. 쉽게 이해할 수 있게 소송 비용, 자녀와 전 부인에게 지불할 양육비, 생활비 정도만 다루어 보자. 이 계산은 남자 쪽이 고정적인 순수입이 있다고 전제한다.

우선 변호사 비용과 소송 비용은 합해서 5,000유로 이상이 든다. 뒤셀도르프 조항에 따르면 4살짜리 아이에게 10년간 지불할 금액은 4만 5,372유로, 6살짜리 아이에게는 무려 4만 8,612유로로 총 9만 3,984유로가 소요되고, 전 부인에게 매달 10년간 지불해야 할 생활비는 13만 9,680유로이다.

위와 같은 경우에 이혼한 남자가 10년간 지불해야 할 총금액은 다음과 같다.

- 자산 분배 12만 5,000유로
- 자녀 양육비 9만 3,984유로
- 전 부인 생활비 13만 9,680유로
- 소송 비용 약 5,000유로
  〈합계 36만 3,664유로〉

우리 돈으로 약 4억 5,000만 원이다.

이렇게 어마어마한 액수를 절감할 수 있는 유일한 방법은 전 부인이 언제라도 다시 일을 시작하든가, 아니면 그보다 더 좋은 방법으로 새로운 남자를 만나 결혼을 하거나 정식으로 동거를 하는 것이다. 하지만 이러한 일은 공식적으로는 매우 드물다. 비밀 취업을 통해 일할 수도 있고, 새로운 상대와는 각기 따로 살면서 이따금씩 만나는(표면상으로만) 관계로 지낼 수도 있기 때문이다. 물론 전 남편이 지불해야 하는 비용은 고스란히 그녀의 차지다.

이혼한 사람들 중 상당수는 실제로 이혼해 보지 않고서는 그로 인한 경제적, 정신적 고통이 얼마나 큰 것인지 짐작도 할 수 없다고 말한다. 바로 그 점이 이 책의 중요한 존재 이유가 될 것이다. 리스크 없이 바람을 피우는 방법 중에는 대단한 노력이 필요하다고 할 만큼 힘든 것들도 있다. 배우자를 속이려면 종종 투자도 해야 한다. 투자를 꺼린다면 위험은 그만큼 커지게 마련이다. 한번쯤 들키고, 그 결과로 이혼장을 손에 쥐게 될지도 모르는 모험에 도전을 할 것인지 말 것인지는 전적으로 여러분 스스로 결정해야 할 일이다. 다만 여러분이 현재의 배우자와 향후 몇십 년을 같이 살면서 'no risk, much fun' 인생을 지향하고자 한다면 이 책을 통해 약간의 도움을 얻을 수 있을 것이다.

한국의 경우

우리나라에도 엄격하지는 않지만 이혼 후 경제적 약자를 보호하기 위한 초보적인 수준의 재산분할청구권이 1991년부터 시행되고 있다. 1990년 민법 개정으로 도입된 재산분할청구권(민법 제839조의2, 제843조)은 가정 내에서 남편에게 경제적으로 종속된 여성의 보호를 그 주목적으로 하는 제도로서

혼인 기간 중에 취득한 재산에 대한 권리를 부부가 공유할 수 있도록 하여, 일정한 액수와 분할 방법 등을 정할 수 있다. 특히 아파트, 주택 등 주요 재산의 명의가 남편 앞으로 되어 있는 현실에서 재산분할청구권은 여성으로 하여금 재산 형성에 대한 기여의 몫을 되찾는 것을 가능하게 해주고, 또한 이혼 후 나타날 수 있는 생활 수준의 저하를 상당 부분 피할 수 있게 해준다.

일선 변호사의 말에 따르면 1991년 재산분할청구권의 도입 이후, 이혼을 상대적으로 쉽게 결정하는 경향이 생겼고, 황혼 이혼을 결심하는 할머니들의 용기를 북돋아 주는 계기가 되었다고 한다. 통상 재산분할청구권 도입 이전에는 남편에게 잘못이 있는 경우에 위자료 2,000~3,000만 원을 받는 것이 고작이었지만, 도입 이후에는 전업 주부라고 할지라도 결혼 생활 중 부부가 협력하여 증식한 재산에 대해서 30% 정도는 분할받을 수 있기 때문에 재산분할청구권은 여성의 경제적인 독립에 실질적인 도움을 준다고 할 것이다.

그리고 이혼 건수의 증가 추이를 보아도 1993년부터 1995년 사이의 대규모 이혼 증가는 재산분할청구권의 영향이 적지 않다고 보인다. 이제 우리나라에서도 이혼으로 인한 경제적 손실이 엄청나게 된 것이다.

무엇보다도 한국에서의 이혼은, 더구나 불륜에서 비롯된 이혼은 한 사람의 사회적 인생을 끝낼 수 있을 만큼 뒤따르는 폭풍이 엄청나다.

바람피우기는 일종의 쿠데타 같은 것이다. 성공한 쿠데타가 처벌받지 않듯 성공한 바람피우기는 인생에 있어 생각지도 못했던 기쁨을 안겨다 주기도 하지만, 실패한 쿠데타, 곧 들통 난 바람피우기가 한국 사회에서 어떤 벌을 받는지는 여러분이 더 잘 알 것이다. 상기하자는 의미에서 한번 살펴보자.

이혼 후유증

들통난 바람의 끝인 이혼의 후유증은 무엇보다도 그 고통으로 수명이 주는 데 있다. 현재 우리나라 남자의 평균 수명을 배우자가 있는 경우 74.8세, 평생 독신으로 산 경우 65.2세인 반면, 이혼자 64.6세, 사별자 58세다. 여성은 배우자가 있으면 78.8세, 이혼자 71세, 독신자 69.3세, 사별자 54.1세 순이다. 이것을 보면 이혼으로 인한 신체적, 정신적 후유증이 얼마나 심각한지를 짐작할 수 있다.

또한 미국의 한 연구에 의하면 이혼한 사람들 중 20~25%가 수년이 지난 후에도 이혼으로 인한 정신적, 육체적 고통에 시달리고 있는 것으로 나타났다. 영국의 한 연구에서도 이혼한 사람들 가운데 특히 남자의 76%(여자 39%)가 이혼의 충격으로 정상적인 수명을 다하지 못하고, 일찍 결혼해 이혼한 사람은 중년에 사망하는 것으로 밝혀졌다. 최근 우리나라 재혼 전문 정보 회사인 '행복출발'이 전국의 이혼 남녀 1,000명을 대상으로 설문 조사한 결과에서도 65%가 '절대로 이혼하지 말라!'고 충고한 것을 보면 이혼은 자신의 건강을 위해서도 자제해야 한다는 사실을 시사한다.

좀더 구체적으로 이혼의 후유증이 얼마나 심각한지를 살펴보면 이렇다.

첫째, 정신적 고통이 너무나 크다.

이혼의 최대의 적은 고립감이다. 헤어졌다는 해방감은 잠시고, 생각지도 않았던 외로움과 고독감 및 자신감 상실, 좌절감 등으로 인해 불규칙한 생활, 과다한 음주, 흡연 등으로 건강을 해침은 물론, 불안증, 우울증 등 후유증이 심각하게 나타난다. 또한 이혼으로 인한 자존심의 손상은 말할 것도 없고 이혼자에 대해 바르게 이해하지 못하는 이웃의 눈총 또한 무시할 수 없다.

둘째, 자녀 양육에 막대한 지장을 초래한다.

부모의 결손은 자녀에게 성장 과정에서 뿐만 아니라 성인이 되어도 계속 영향을 미치는 것으로 연구 결과가 나와 있다. 부모에게 버려졌다는 슬픔과 분노, 외로움, 결손 자녀라는 주변 친구들의 눈총, 갈등 등이 때로는 공격적인 행동이나 학교 성적저하, 탈선 행위 등으로 이어지기 쉽기 때문이다.

셋째, 생활고의 문제다.

한국 사회에서, 특히나 여자의 경우는 이 경제적인 측면이 치명적이다. 맞벌이 부부는 수입이 반으로 줄어들고, 전업주부로 있다가 이혼하는 경우에는 살아가기가 더욱 힘들어진다. 대부분 합의 이혼이므로 위자료도 제대로 받지 못하는 경우가 허다하고, 전혀 받지 못하는 경우도 41.9%(한국가정법률상담소 자료)나 되며, 나이 관계로 취업도 어렵거니와 자녀 양육의 경우도 법률이 인정하는 한 달 1인당 양육비도 30만 원에 불과하므로 더욱 어려워진다. 가리지 않고 돈벌이에 뛰어들면 다소 나아지겠지만 역시 힘겨운 고생을 감수하지 않으면 안 된다.

넷째, 정상적인 성생활이 어렵다.

재혼한 경우는 다르지만 독신으로 있을 경우 생리적 현상인 성생활이 정상적으로 이루어지기 어려운 것은 당연한 일이다. 아무하고나 성문제를 해결할 수는 없기 때문이다.

다섯째, 재혼이 어렵다.

이 세상에 수많은 남녀들이 살고 있지만 자기와 잘 조화될 수 있는 대상을 찾기는 힘들다. 막상 재혼하려고 해도 이혼자라는 약점, 딸린 자녀, 나이, 경제 문제 등으로 인해 조강지처 또는 골라잡은 전 남편과 같은 조건의 대상을 만나기란 매우 어렵다. 재혼하려는 대상은 대부분 자기의 약점은 생각하지 않고 상대방의 약점만 생각하여 자기 욕심을 채워 줄 수 있는 사람에게 의지하려고 하기 때문에 상대자는 부담을 크게 느껴 잘 접근하려고 하지 않기 때문이다.

여섯째, 수명이 줄어든다.

앞서 이야기한 여러 가지 열악한 조건으로 인해 정신적 · 육체적 고통이 배가되므로 건강에 많은 지장을 초래할 수밖에 없기 때문에 수명 감수는 어찌할 도리가 없을 것이다. 잘 안 알려진 속담에 '송사리 잡으려다가 잉어 놓친다.' 라는 말이 있다. 즉 조그마한 고통을 피하려다가 고통의 홍수를 만나는 그런 우를 범하는 일이 없도록 지혜롭게 대처해야 한다.

이혼 자녀의 문제

여기서 무엇보다 고려해야 할 것은 이혼 커플의 자녀들이 안게 되는 고통 문제다. 아동 심리 상담 전문가들이 이야기하는 이혼 가정의 자녀들이 겪는 일반적인 심리적 내상은 다음과 같다.

1 _ 이혼 자녀들은 자아정체성에 분열 증세를 느낀다. 부모가 이혼하는 자녀들은 영혼이 찢어지는 분열 증세를 느끼며, 자신의 존재 자체에 관하여 혐오감을 가진다. 그 결과 인생의 불완전성과 허무로 인하여 평생 우울하고 슬픈 인생관을 지니고 살아가게 되기 십상이다.

2 _ 이혼 자녀들은 사람에 대하여 불신감을 가지게 된다. 부모에 대한 원망과 불신이 남성과 여성에 대한 불신감으로 자리잡고, 더 나아가 자신에 대한 불신감으로까지 번져, 성장한 후에도 결혼에 자신이 없거나 행복한 가정에 대한 기대감이 없어 배우자 선택에 부정적이 될 수 있다. 이혼 사유가 불륜으로 인한 경우는 자녀마저 성적으로 문란하거나 무분별하게 외도하다 항상 들켜서 주위에서 망신이나 당하는 어설픈 바람둥이가 되거나 섹스에 극단적 혐오주의자가 되기도 한다.

3 _ 이혼 자녀들은 버림받았다는 좌절감을 갖게 된다. 이혼 자녀들은 이혼하고 떠나간 부모가 자기를 내버렸다

는 좌절감과 상실감으로 인하여 수치심, 패배 의식, 열등감, 고독, 자포자기, 일그러진 자아 형성 등 인격적으로 큰 상처와 타격을 받는다. 그리하여 커서 결혼한 다음 의처증, 의부증으로 상대방을 괴롭히는 또 한 명의 이상 성격 파탄자가 될 수 있다.

4 _ 이혼 자녀들은 분노와 혼란을 동시에 느끼게 된다. 이혼 자녀들은 부모에게 분노와 증오를 느끼며, 심정적으로는 부모 중 불륜을 저지른 사람이 아닌 약자의 편을 들고, 이혼을 야기한 부모에게 거리감을 둔 채 반항한다. 그러면서도 다른 한편으로는 부모의 정을 갈구하는, 애증의 혼란스러운 틈바구니에서 허우적거리는 비참한 꼴을 보인다. 그 결과 청소년기의 자녀들은 고통스러운 혼란감을 잊고자 의도적인 비행에 빠져들기도 하니, 비행은 비행을 낳고 또 비행을 낳는 악순환이 한없이 계속될 수 있다.

5 _ 이혼 자녀들은 근심과 죄책감에 빠지기도 한다. 이혼 자녀들은 자기가 좀더 잘했더라면 부모들이 헤어지지 않았을 텐데, 그러지 못했다는 잘못된 책임 의식과, 자기기 좀더 착하고 말을 잘 들었더라면 부모가 떠나가지 않았을 것이라는 죄책감으로 갑자기 말수가 적어지

거나 엉뚱하게 조숙한 애늙은이가 되기도 한다.

6 _ 이혼 자녀들이 장래에 대하여 불안감을 느끼는 건 당
연지사. 이혼 자녀들은 부모를 둘 다 잃어버리지나 않
을까, 살던 집과 다니던 학교를 떠나게 되지나 않을까,
앞으로 어떻게 살게 될까, 가난에 대한 스트레스 등 자
신의 장래에 대하여 심한 불안감을 느끼게 된다.

7 _ 이혼 자녀들은 세상만사를 모두 싫어하게 되는 경향을
갖는다. 이혼 자녀들은 날이면 날마다 싸우는 부모들
도 싫고, 집에 오지 않는 아버지나 어머니도 싫고, 그
속에 있는 자기 자신도 싫고, 공부도 싫고, 학교 가기도
싫어진다. 부모가 혹 재혼을 했다고 해도 계부모도 싫
고, 마음붙일 데가 어디에도 없는 등 세상만사가 모두
싫어져 방황하고 비뚤어지기 쉽다.

또 다른 이혼 상처들―주변 사람들의 말, 자책의 말들

1 _ 부모 · 형제가 상심하거나 불명예감을 느껴 속으로 불편해 하지 않을까?

'호적에 이혼 경력이 기재되어 집안 망신이다.' '잘살고 있다고 여기저기 자랑해 놓았는데 손가락질받게 되었다.' '내 친구들이 집에 방문했을 때에는, 제발 얼굴 내밀지 마라.'

2 _ 사회적으로 백안시당하지 않을까?

'뭔가 문제가 있으니까 이혼당했겠지.' '혼자 사니까 뭔가 궁상스러울 거야.' '언제 돌발적으로 이상 심리가 드러날지 모르니 조심해야지.' '뭔가 문제가 있었으니 남편이(마누라가) 바람을 피웠겠지!'

3 _ 사회적 지위와 인식도가 추락하지 않을까?

'이제 (누구의) 사모님, (누구의) 부군이라는 대접을 해줄 필요가 없잖아.' '혼자 떠도는 신세잖아!' '중요한 직책을 맡기기에는 왠지 마음이 안 놓여!'

4 _ 막상 변화된 생활에 적응하기가 힘들지 않을까?

'다들 두고 다 어디로 가버렸나?' '내가 왜 혼자 여기 누워 있지?' '왜 이렇게 휑하고 적막하지?' '아, 남편(마누라)하고의

섹스도 참 좋았구나!'

5_ 두고두고 감추어진 분노나 죄책감, 수치감에 시달리지 않
을까?

'나를 이렇게 만든 나쁜 사람이니 반드시 저주받아야 해.' '내
가 조금만 잘했으면 이러지는 않았을 텐데, 다들 뒤에서 비웃
을 거야.' '아이, 가슴에 못질을 하다니, 정말 못할 짓을 했어!'

6_ 자녀들로부터 외면당할 수 있지 않을까?

'자식들도 바람 피워 문제 있는 쪽이 아닌 경제력 있는 부모 쪽
을 좇아가는구나!' '새끼들조차 나를 죄인 취급하고 미워하다
니…… 나만 들켰을 뿐인데……!' '부모가 이혼하는 바람에
자식들 나중에 혼삿길 막혔다.'

7_ 경제적으로 어려움을 당하지 않을까?

'앞으로 어떻게 먹고 살 것인가?' '최소한의 생존 기반 확보 등
나이에 맞은 품위를 유지할 수 있을까?' '바람 한 번의 결과가
이렇게 되는 건가? 내가 늙고 병들면 누가 돌봐 줄 것인가?'

8_ 성적으로 딜레마에 빠지지 않을까?

'해결하자니 대상이 없고, 그 전에 바람피웠던 대상은 있어도
헤프게 보이거나 달라붙어 괴롭히지 않을까?' '동네방네 소문

나면 어떻게 할 것인가?' '자위를 하다가 혹시 자녀들이라도 알게 되면 얼마나 더럽게 여기겠나?'

9 _ 재혼은 쉬운 일일까?

'새 사람을 만나더라도 나만 바람둥이라 노려보는 시선은 어떻게 피하나? 결국 또 실패하지 않을까?' '양쪽 자녀들이 견제하고 싫어하지 않을까?' '전실 자식들에게 잘하는지 못하는지 은연중 감시당하는 질식 상태를 어떻게 평생 견뎌 낼 것인가?'

어떤 사람이 애인으로 적당할까?
뒤탈 없이 바람피우기 위하여 피해야 할 상대

독자 여러분 중에 혹자는 자신의 은밀한 욕구를 충족시켜 줄 상대에 대해 이러저러한 성격 테스트를 한다는 것을 의아하게 생각할 수도 있을 것이다. 하지만 여기서 우리는 이 책이 실용서라는 것을 다시 한 번 강조하지 않을 수 없다.

즐거움을 나눌 대상으로 어떤 사람을 만나야 하는지는 가장 중요한 문제이다. 본인이 생각하는 수준의 바람피우기에 만족하지 않는 상대를 만나게 되면 앞으로 제시하게 될 노하우는 아무런 소용이 없다. 심각한 경우에는 단순한 연애 이상으로 치닫게 되고, 더 이상 혼자만의 비밀로 치부할 수 없는 상황이 되고 만다. 그러면 땅을 치고 후회를 해도 때는 이미 늦은 것이다. 그러므로 일시적 충동으로 만난 상대가 좀더 시간을 두고 만날 연애 상대가 될 수 있는지 아닌지 – 첫 번째 쾌락의 밤을 지내고 난 후에는 – 충분히 심사숙고해 봐야 한다.

사랑 문제

연애 상대가 당신에게 흠뻑 빠져 있는 경우를 조심해야 한다. 당신은 그저 "사랑한다!"는 말을 외도를 위한 '악어의 눈물' 정도로 쓰고 있는데 그 말을 듣는 그 혹은 그녀는 진심으로 받아들일 수 있다. 당신이 결혼한 상태라는 것을 잘 알고 있으면서 사정을 무시하는 유형이다.

우리 모두가 알고 있는 것처럼 사랑에 빠진 사람은 어떤 행동을 할지 예측할 수 없으며, 어떤 사람은 손해를 보든 말든 개의치 않고 목적을 달성하려 들기도 한다. 처음에는 합리적으로 잘 이끌어 가고 있다고 여겨지는 단순한 연애에도, 사랑과 그에 부수적으로 따르는 광기가 갑작스럽게 잠입할 가능성은 아무도 배제할 수 없는 것이다. 처음부터 '세컨드 역할'을 하는 것으로 만족하지 않고, 여러분이 이미 갖고 있는 기존의 관계를 청산하게 해서 자신이 '정식' 배우자 자리를 차지하려는 목표를 세우는 유형의 사람을 피하는 것은 앞으로 발생하게 될 위험을 방지하는 제일 첫 번째 요소이다.

사랑의 함정을 피하기 위한 체크 리스트

전화나 개인적으로 추적이 가능한 개인 정보를 알려 주기

선에 다음 사항에 맞춰 검토해 보라.

1_ 가족 없이 도시에서 혼자 산다.

〈위험〉 주말에 특히 혼자 지내는 시간이 많으며, 안정된 이성 관계를 그리워한다.

2_ 친구도 거의 없고 취미 생활도 거의 즐기지 않는다.

〈위험〉 저녁이면 혼자 있게 되므로 저녁 내내 또는 밤새도록 당신과 함께 시간을 보내고 싶어한다.

3_ 당신이 혹여 배우자에 관한 이야기를 하면 싫은 내색을 한다.

〈위험〉 당신의 배우자를 경쟁 상대로 생각할 만큼 이미 감정이 많이 발전한 상태다.

4_ 객관적으로 보았을 때 당신의 입장이 전혀 그럴 여건(여가 시간도 없고, 함께 여행할 수도 없는)이 못되는데도 당신과 사귀고 싶어한다.

〈위험〉 처음부터 저녁이나 주말의 '금기된 만남'을 염두에 둔다.

5_ 당신의 사생활에 대해 상세하게 묻는다(사는 곳, 집 전화 번호, 배우자의 근무처 등등).

〈위험〉 당신의 배우자와 대결하려 한다.

6_ 그에게 이미 오래 전부터 깊게 교제하는 사람은 있지만 사이가 썩 좋지 않다.

〈위험〉 상대는 가정적인 사람으로서 현재의 관계를 청산하고 다른 사람에게 갈 계획을 세우고 있다.

7_ 당신의 생일이나 크리스마스 등에 아주 손이 많이 가고 곱게 색칠까지 한, 직접 만든 선물을 한다.

〈위험〉 당신의 사랑을 얻으려고 시도하는 강한 감정의 소유자

8_ 다음 중 한 가지 또는 여러 가지를 말한다.

"내 남편(집사람)이 당신 같으면 좋을 텐데……."

"당신 없이는 살 수 없어……."

"당신에 대한 나의 사랑이 점점 더 커져만 가……."

"다시 한 번 새로운 가정을 꾸릴 수 있다고 생각하니?"(나와 함께 새로운 가정을 꾸릴 생각이 있느냐는 의미)

"이혼할 생각 있어?"(더 골치 아픈 경우 "언제 이혼할 거야?")

위의 항목에 해당하는 것이 몇 가지 있다면 상대와의 관계가 단순한 연애에 머물지 않을 가능성이 (적어도 상대에게는) 있다는 것을 인식해야 한다. 이럴 때는 도망치는 게 상책이다.

　물론 사랑의 덫에 걸리지 않는, 순전히 섹스 파트너를 찾는 등의 아주 간단한 방법도 있다. 남자든 여자든 현재 생활에 굉장히 만족하면서도, 아무런 감정의 교착 없이, 사랑의 덫에 걸릴 위험도 없이, 성적 욕구를 해소할 상대를 찾는 사람들이 상당히 많다. 가정에서는 모자라는 것이 없는데, 다만 성적인 욕구가 채워지지 않아 스스로 섹스 파트너를 찾는 경우가 많을 수 있다는 것이다.

　이런 경우 일 주일 혹은 한 달에 한 번 정도 지속적으로 만나 연애하는 것으로 문제를 성공적으로 해결할 수 있다. 요즘에는 인터넷 사이트에서나 전화방에서도 그런 상대를 쉽게 구할 수 있다. 이때 명심해야 할 것은 그런 곳에서 만나는 사람들은 상대의 인격을 원하는 것이 아니라 단지 신체적인 것만을 원한다는 것, 이 한 가지는 직시해야 한다. 즉, 아주 매력적인 남성이나 여성이 아니고서는 선택의 폭이 좁아진다는 것을 의미한다. 당신이 헬스 클럽 대신 밤마다 칵테일 바나 나이트 클럽을 전전하기로 마음먹게 되면, 어지간한 사람의 경우 배는 불룩해지고, 매끄럽던 피부가 거칠어지는 등 그나마 있던 당신의 매력이 조금씩 사라질 수 있다. 자기 자신을 가꾸고, 함부로 굴리지 말아야 한다. 자신을 아끼고 소중히 다루어야 다른 사람의 시선을 잡아끌 수 있다.

건강 문제

콘돔을 사용해야 한다는 것은 에이즈가 존재하는 이래로 더 이상 새로운 사실이 아니다. 유감스럽게도 한국 역시 이제 에이즈의 안전 지대가 아니다.

요즘에는 상당히 줄었지만 다른 성병인 매독, 음부 헤르페스, 포진, 균(칸디다균), 박테리아(클라미디아), 바이러스(단순포진)라는 형태의 큰 위험이 현저하게 잠재하고 있다. 이러한 병들은 에이즈 발병에 원인이 되는 HIV-바이러스와는 달리 성교뿐 아니라 키스나 오럴 섹스를 통해서도 감염되니 늘 상대의 건강 상태를 사전에 알아야 한다. 자신이 걸린 병으로 건강을 손상될 뿐만 아니라(예를 들어 여성이 클라미디아에 감염될 경우 불임까지 이르는 가혹한 결과를 초래하기도 한다.), 배우자에게까지 전염시킬 수 있다. 만일 배우자(철저하게 정조를 지키는)가 치료를 받게 되면, 도대체 어디서 이런 균, 바이러스 또는 박테리아에 감염이 되었는지 의문을 제기할 것임에 틀림없다. 당신의 불륜 사실이 의학적으로 증명되는 것이다.

건강상의 함정을 피하는 체크 리스트

콘돔을 사용하지 않은 상태에서 첫 번째 섹스(여기에는 딥키스와 오럴 섹스도 포함된다)를 하기 전에 다음 항목을 체크하시라.

1_상대가 친해지기 전에 애무를 해도 아무렇지 않게 생각한다.

2_상대가 술기운을 빌어 완전히 자제력을 잃는다(언어적으로나 신체적으로).

3_상대가 에이즈(HIV-감염) 이외에는 다른 어떤 위험한 병에 대한 상식이 없다.

4_상대가 섹스 경험이 많다는 것을 과시한다.

5_상대가 제3자들로부터 '헤픈 사람'이라는 평을 받고 있다.

6_상대가 첫 대면부터 다음 중 한 가지 또는 여러가지를 말한다.

"난 맘만 먹으면 누구라도 가질 수 있어."

"하룻밤 데리고 잘 상대쯤이야 문제없어."

"콘돔 따윈 겁쟁이들이나 쓰는 거야."

"언제부턴가 늘 똑같은 사람이랑 섹스하는 건 재미가 없어."

"다른 사람이랑 자고 싶어."

"나한테는 섹스가 꼭 맛있는 음식 먹으러 가는 것 같아."

물론 사람 마음속을 물 속처럼 들여다볼 수는 없다. 다만 잔잔한 물도 깊은 법이고 김 안 나는 숭늉도 뜨겁다는 것을 알아야 한다. 우리의 경험에 의하면 산꼭대기에 올라 애인을 찾으려 들지 말고, 목표를 정해서 마음이 맞는 사람을 찾는 편이 덜 위험하다.

임신 문제

사실 외도의 과정에서 임신만큼 위험한 요인은 없을 것이다. 임신이라는 함정에 빠지게 된다는 것은 생각만 해도 아찔한 일이다. 만일 당신에게 흠뻑 빠져 당신하고만 연애를 하고 싶어하는 사람을 만나게 된다고 하자. 하지만 이 행운의 뒷면에 남성들에게는 또 다른 위험이 도사리고 있을 수 있다. 이제 바로 이런 구덩이에 빠지지 않는 방법에 대해 다뤄 보겠다.

애인이 30세 전후인가? 그리고 당신은 외모와 경제적, 두뇌 면에서 괜찮은 남자인가? 그렇다면 조심하라.

왜냐하면 이 세상은 전형적인 가족만 존재하는 것은 아니니까. 실제로 일상 생활에서 오는 스트레스를 덜기 위하여 외도에 나서는 여자도 있지만 간혹은 오직 아이만 원해서 필드에 나오는 황당한 경우도 있다. 영화 〈안토니아스 라인〉을 본 사람은 무슨 말인지 알 수 있을 것이다.

합법적으로 정자 은행에 가서 인공 수정을 할 수 있는 서구 여성들과는 달리, 우리나라에서는 그런 임신 방법이 일반적이지 못하다. 그래서 은행에서 정자 제공자에게 돈을 입금하는 대신, 살아 있는 아빠이면서 부양할 의무를 가진 남자가 출산 후에도 아주 성실한 송금자가 되는 것은 여성들이 느끼는 가장 큰 매력이다. 그러므로 위험하기 짝이 없는 배란기 때에는 최소한 섹스를 참거나 질외 사정 또는 거의 안전한 콘돔을 사용할 것을 권장한다.

애인이 피임약을 보여 준다 해도 그것이 바로 복용한다는 뜻은 아니므로 전적으로 믿어서는 안 된다. 만일 실수로 임신이 되면 피임약이나 콘돔으로 피임을 할 수 있었는데도 안 한 남자가 죄인인 셈이 된다.

여자의 생리 주기에서 14~20일 사이에(생리 시작일로부터 계산해서) 배란이 된다. 정자의 수명을 5일로 추정한다면 생리 주기의 9일부터 25일까지는 콘돔을 사용하지 않으면 절대로 안 된다. 애인이 생리를 하는지 어떤지는 쉽게 알아 낼 수 있다. 바로 그 이유 때문에 당신을 만나지 않으려고 하니까.

또한 '당신의 아이를 가졌다고' 협박할지도 모를 여인을 만날 수 있다. 그런 경우를 대비해서라도, 여자의 생리주기와 관련된 사항은 상식으로 알아야 한다. 잘알지 못하는 상대와 섹스를 하게 될 경우에는 콘돔착용이나 질외 사정은 필수적인 예방책이다.

임신의 함정을 피하기 위한 체크 리스트

임신이란 남성의 정자와 여자의 난자가 여성의 자궁 안에서 착상하는 것이므로 이 통로를 막는 것이 임신을 차단하는 기본 메카니즘이다.

앞서 말한 콘돔말고도 다른 방법이 있다.

· 자연 조절법으로 가임기에 섹스를 않는 법
· 난관이나 정자를 잘라 버리고 열심히 하는 법
· 경구 피임약으로 난자의 생성을 저지하는 법
· 페서리, 살정자제 투입법
· 복강경 난관 불임술
· 기초 체온법

피임 도구를 사용하지 않고 섹스를 하기 전에 다음 사항을 체크할 수도 있다.

1_ 애인이 아기를 가지려고 한다는 말을 하는가? 당신의 됨됨이를 보고 '이상적인 아빠' 라고 평가를 하는가?

2_ 어린아이들이나 갓난아기들이 있으면 일부러 멈춰 서서 '정말 귀엽지?' 와 비슷한 말을 하는가?

3_ 갑자기 콘돔을 '분위기 파괴물' 이라고 부르지는 않는가?

4_ 이상하게 여겨질 정도로 피임약을 복용하고 있다는 것을 강조하고, '증거' 로 피임약을 보여 주기까지 하지는 않는가?

5_ 최근에 출산을 했거나 임신 중인 친구들에 관한 이야기를

많이 하는가?

6_그녀의 성행위가 갑자기 임신할 확률이 높은 체위를 선호하는 쪽으로 바뀌고, 절대로 임신이 되지 않는 다른 행위(예를 들어 오럴 섹스)는 거부하는가?

7_당신은 아빠가 될 자격이 있는 다음과 같은 '이상적인 혈통'을 물려받았고, 경제적으로 뛰어난 조건을 갖추었는가?
〈신장(180cm 이상) / 많은 수입 / 잘생긴 외모 / 뛰어난 두뇌 / 명석한 두뇌 / 좋은 직업〉

하룻밤만 즐길 여자와는 무슨 일이 있어도 콘돔을 사용해야 한다. 혹시라도 당신을 오랫동안 이상적인 '아기 아빠'로서 지켜보다가 선택했을지 누가 알겠는가? 특히 자발적으로 하룻밤만 즐기기를 자청하면서(저녁에 그럴 만한 장소도 아니고, 술도 마시지 않은 상태에서), 당신을 유혹한 다음 콘돔을 사용하지 않고 관계를 가지려는 여자라면 수상하다. 어쩌면 그 여성들은 '인체의 신비'와 같은 컴퓨터 시스템이나 체온법으로 정확한 배란일을 알아 내는 방법까지 동원해서 당신을 침대로 끌어들였는지도 모를 일이니 주의에 주의!!

너무도 당연하지만 여성 역시 임신을 주의해야 한다는 점도 강조하고 싶다.

찰거머리

뭐니뭐니해도 최악의 경우는 '악연'이다.

이런 경우 당사자들의 관계를 지배하는 것은 사랑보다는 소유욕과 집착이다. 애인 위주로 생활이 바뀌고, 온통 애인 생각뿐이며, 다른 일이나 사람들은 모두 방해가 되는 것처럼 느껴지는 경우다.

이러한 관계에서는 한편으로는 일반적으로 극도로 공격적이며, 가끔 예측할 수 없는 반응을 나타내고(자신을 애인의 '소유물'이라고 결정한다), 다른 한편으로는 통화 시간 등 미리 합의한 약속을 절대로 엄수하지 않는 것이 위험하다. 그 정도로 그치는 게 아니라 이런 유형의 사람들은 당신의 직업 또는 배우자에게 들킬 위험을 감수하고서라도 최대한 당신과 많은 시간을 보낼 수 있도록 전력을 다한다. 진드기 함정에 잘못 걸리면 사랑의 함정과 마찬가지로 단 한 번의 외도로 인해 인생과 결혼 생활을 파괴되는 결과를 낳는다. 사랑에 실패하고 소유물을 빼앗긴 마음은 순식간에 무서운 증오로 바뀐다는 것을 명심토록.

만일 이런 느낌을 받게 되면 상대가 당신의 생활을 꿰뚫어보기 전에 즉시 관계를 끝내는 것이 가장 좋다.

찰거머리 함정을 피하기 위한 체크 리스트

전화나 개인적으로 추적이 가능한 사생활에 대해 공개하기 전에 다음의 항목을 검토해 보라.

1_상대가 약속한 시간 외에도 자주 전화를 하고, 미리 합의한 약속들도 잘 지키지 않는다.

2_전화를 자주 하지 않는다고 불평하거나, 음성 메시지를 남겼는데 즉시 전화를 하지 않는다고 불평한다.

3_당신을 만나기 위한 유리한 구실을 만든다(예를 들어 스포츠, 모임, 동료와의 술자리 등등)

4_당신의 하루 일과에 대해서 꼬치꼬치 캐묻고(누구와 무엇을 했는지 등등) 질투를 한다.

5_당신의 동료, 친구, 아는 사람들에 대해 부정적인 표현을 한다.

6_상대가 자신의 생활을 완전히 당신 위주로 조정하고 (예를 들면 다른 도시의 좋은 일자리도 마다하거나, 휴가도 당신의 휴가 날짜에 맞추거나 하는 등) 개인적인 일을 전부 포기한다.

7_상대가 당신에 비해 경제적인 사정이 눈에 띄게 나쁜 경우는, 어쩌면 자신의 생활수준을 향상하기 위해서 당신과 관계를 맺으려고 애쓰는 것일 수도 있다.

성도착증

당신이 모르는 사이에 변태적인 성행위를 즐기는 누군가와 관계를 맺게 되면 아주 위험하고 심각한 일이 발생한다. 보통은, 이미 때가 늦었을 때에서야 어떤 사람에게 걸려들었는지 알게 되는데, 일단 수갑이 채워진 채로 침대에 눕혀지고, 채찍질이라도 당하게 되는 상황에서는 '제발' 그만 하라고 통사정을 해봤자 아무런 도움이 되지 않는다. 왜냐하면 변태 성욕자는 일반적으로 가학 행위를 해야 쾌감을 느끼는데 당신이 그만 하라고 해서 멈추지 못할 만큼 이미 자신의 '쾌락' 에 도취되어 있기 때문이다.

최악의 섹스 폭탄 '변태'를 피하기 위한 체크 리스트

변태 성욕자들은 보통은 호감이 가는 정상적인 행동으로 우선 당신을 매혹시킨다는 술수를 쓴다. 그렇기 때문에 가학적인 경향은 나중에, 그리고 대부분 점차적으로 드러낸다. 그러므로 다음 체크 항목을 검토해야 한다.

1_ 상대가 '지배'에 관한 말을 하거나 당신이 '지배당하고 싶은지' 물어 본다.

2_상대가 '수갑 채우기 놀이'에 대한 말을 하거나 혹은 당신에게 수갑, 채찍, 목띠 등과 같은 섹스용 장난감을 보여 주려고 성인 용품 판매점에 함께 가자고 한다.

3_당신이 그저 평범한 섹스를 했는데도 상대는 이상할 정도로 자주 흥분하거나 좀더 진한 섹스를 하고 싶다고 강조한다.

4_상대가 속칭 난교 파티의 경험을 이야기하고 에나멜 가죽 재킷과 가죽 바지를 즐겨 입는다.

5_상대가 성적으로 맞지 않았던 교제 상대나 이전의 연애 상대에 대해 자세하게 설명한다. 이것은 일반적으로 파트너가 섹스를 상대가 원하는 대로 따라 하지 않았다는 것을 의미한다.

6_상대의 집 실내 장식이 변태적인 성행위를 선호한다는 증거를 분명하게 나타낸다. 변태라는 제목이 붙어 있고 학대당하는 사람의 사진(예를 들어 목띠를 한 채 바닥에 무릎을 꿇고 앉아 있는 것과 같은)이 보이는 포르노 비디오, 채찍, 수갑 등과 같은 분명한 섹스 장난감이 있거나, 뻔한 구실을 대며 보여 줄 수 없다는 안 된다는 방, 특히 지하실이 있다. 이곳은 가학·피학성 변태 성욕 스튜디오 또는 감옥과 같은 형태로 꾸며 놓았을 수도 있다.

7_정상적인 섹스를 하면서도 이상한 행동을 한다. 젖꼭지나 다른 예민한 곳을 너무 심하게 꼬집거나, 엉덩이를 점점 더 세게 때리거나, 불필요한 욕설을 내뱉는다.

8_상대가 아무런 특별한 이유도 없이 호텔이나 당신의 집 대
신 자신의 집에서 만나기를 원한다. 변태 섹스에 사용할 도
구 또는 당신을 섹스 노예로 부릴 수 있도록 방음 장치가
잘되어 있는 지하실이 마련되어 있는 것이 그 이유가 될 수
있다.

만일 그러한 징후를 보이면 그의 변태놀이에 당신이 쓴맛
을 보기 전에 오늘 당장 퇴짜를 놓아야 한다. 물론 당신이 그
런 것을 즐긴다면 그때는 알아서 하시라.

입방아

이런 유머가 있다.

여사원 1 "우리 사장님은 나이에 비해 옷을 잘 입으시지?"

여사원 2 "입기만 잘하시는 줄 아니? 벗는 것도 아주 빠르셔!"

누구나 불륜 관계에 대해서는 비밀로 해야 한다고 생각은
하고 있다. 하지만 끝내 우리가 임금님 귀가 당나귀 귀라는
것을 알아 버렸듯 세상에 비밀은 없고 은밀한 것일수록 끼빌
리기 좋아하는 부류들이 많다. 즉, 아주 중요한 비밀을 혼자

간직하지 못하고, 온 세상이 다 알아야 직성이 풀리는 사람들이 상당히 많다는 것이다.

남자들의 경우에는, 특히 새로운 업적(여기에는 새로운 애인도 포함된다)을 과시하는, 전형적인 허풍선이가 상당히 많다. 이런 사람에게 한 인물에 대한 귀납적 추리가 가능한 직업, 외모, 출생지 등에 관한 상세한 정보를 누설하는 것은 아주 위험하다. 게다가 운이 나빠서 이 허풍선이의 주위에 누군가 당신을 아는 사람이 있다면 당신의 불륜이 폭로되는 것은 시간 문제라는 것을 알아야 한다.

그 대신 여성들의 경우에는 동료들과 커피 타임, 휴식 시간, 여성 모임 등에서 입방아를 찧는 데에 악평이 나 있다. 일반적으로 남자에 관한 얘기가 수다의 소재가 되고, 자신의 남편이 바람피운 일에까지 이르기도 하지만 그 정도는 괜찮다. 유감스럽게도 '수다 떠는 재주' 와 마신 술의 알코올 양이 상승작용을 일으켜, 애인 얘기까지도 발설하게 된다는 것을 미리 염두해야 한다.

아주 사소한 비밀이라도, 그러한 얘기는 마치 바이러스처럼 퍼진다는 단점이 있다. 한 친구가 다른 친구 세 명에게 얘기하고, 그 친구들은 각각 친구 다섯 명에게 얘기하고, 그러면 한 일 주일 후에는 거의 모든 사람이 다 알게 되고, 결국 언젠가는 배우자의 귀에까지 들어가게 되고 당신은 그날로 죽든가 아니면 그리도 좋은 외도를 더 이상 못하는 사태가 온다.

입방아 함정을 피하기 위한 체크 리스트

다음의 체크 리스트는 당신에게 위험이 닥칠 만한 일이 생기기 전에 '허풍선이'와 '수다쟁이' 타입인 사람을 일찌감치 식별해 내는 데 도움이 될 것이다.

1_직업, 운동 또는 다른 업적에 대한 자랑을 자주 늘어놓는다. "나만한 사람도 없지 뭐!"

2_은행에서 대출을 받아서라도 전형적인, 과시용 고급 자동차나 중고라도 외제 스포츠카를 타고 다닌다.

3_자신의 잘생긴 외모, 비싼 옷을 과시하고, 굉장히 눈에 띄는 시계를 차고 다닌다.

4_섹스를 하고 난 뒤에 "나 어땠어?"라는 확인을 기어이 하려든다.

5_그동안 얼마나 대단한 여자들과 사귀었는지 늘어놓고, 그것도 모자라 그 여자들에 대해 상세하게 설명한다(직업, 외모 등). 이제 당신이 다른 사람들에게 알려질 차례다.

6_입에 담기에는 조심스러운 다른 이들의 은밀한 관계나 은밀한 일에 대해서 상세하게 얘기한다.

상대의 외도부터 막자

만약 당신의 배우자(서로 미혼일 경우 문어발 데이트를 하는 애인까지 포함한다)가 바람을 피우고 있는 것을 알았다고 하자.

당신은 분노를 폭발하기에 앞서 이러한 사태가 발생한 원인을 규명하려 해볼 것이다. 이런 생각을 갖지 않을까?

· 사는 게 권태로워서 다른 자극을 찾는 것 같다.

· 스트레스를 풀기 위하여 기분 전환을 하려 했을 것이다.

· 내가 기분 나쁘게 한 그 무언가가 있을 것이다.

· 나에게 성적으로 만족하지 못해서다.

· 오래 싸우다 보니 이제 지친 모양이다.

· 자기를 이해하고 인정해 주는 그 사람에게 넘어간 모양이다.

· 본래 외도를 하는 것이 남자답다고 여긴 것이다, 여자도 외도하는 것이 뭐 나쁘냐는 서구적 가치관을 배운 것이다.

· 나와 마음이 멀어졌고 그러다 보니 애정은 완전히 식었다.

· 유흥 업소에 갔다가 친구들의 꼬임에 넘어갔을 것이다.

· 나도 그에게도 문제가 없는데, 술에 취해 엉겁결에 넘어갔나 보다.

하지만 아무리 좋게 생각하려 해도, 괘씸하지 않을 수 없다. 더구나 내가 외도를 하려고 상대를 물색하기 전에 내 배우자가 선수를 친다면 환장할 노릇이 되고 만다.

그러니 도둑질하러 나가기 전에 자기 집 문단속부터 확인하고, 처자식에게 보안 요령 교육을 시키는 도둑처럼, 안심하고 외도하기 위해 우선 나말고 배우자가 외도를 하는지 알아 봐야 한다.

여러 차례 한 이야기이지만 우리나라 성인 5명 중 한 사람은 '오입쟁이' 란다. 무슨 얘기냐? 20%는 마누라(또는 남편) 아닌 외간 X와 섹스를 한다는 것이 한 인터넷 컨텐츠 업체(외도닷컴 : www.okoedo.com)의 집계며 그들의 자신 있는 주장이다.

여기서 잠깐, 외도라는 것은 지극히 은밀히 이뤄지는 것이고 일부 정신병자를 제외하고는 '내가 바람을 피웠소!' 라고 공표하지 않는 행위 아닌가! 그런데 어떻게 한국 성인 5명 중 1명은 '불륜'을 저지른다는 걸까? 지금 바람을 피우면서 이 글 읽는 사람들은 '더 될 거야!' 할 수도 있고, 자기 마누라니 남편 외의 사람과 옷만 닿아도 바로 감전사하는 줄 아는 사람은 '설마?!' 라고 생각할 것이다.

그런데 이 20%라는 수치가 수긍이 가는 것이, 조사 방법이 상당히 구체적이어서다.

전국의 러브 호텔 수, 최근의 공소 제기된 간통 건수, 심부름 센터 불륜 뒷조사 의뢰 건수 등을 추정하고 가정 문제 전문가들에게 심리 측면 자문을 얻어 상당수가 배우자가 아닌 사람과 섹스를 한다고 결론을 낸 것이다. 불륜 말이다.

앞서의 외도닷컴(www.okoedo.com)에서 말하는 것을 보니 대체로 이런 사람이 지금 바람을 피우고 있는 경우란다. 우리의 생각과도 일치하여 몇 가지를 소개한다.

1_성관계 중 평소 안하던 행위를 하거나 새로운 체위를 요구한다 → 다른 사람과의 경험에서 배운 것일 가능성이 높다.

2_전화를 걸고 받는 행태가 예전과 달라졌다 → 휴대 전화에 잠금 장치를 해뒀거나 특별한 컬러링일 경우, 또는 한밤중에 굳이 거실로 나가거나 하면 분면 뭔가가 있다.

3_회식이 있다면서 늦게 왔는데 술을 마신 것 같지 않고 오히려 깔끔하고 피곤해하는 것 같지도 않다 → 가벼운 섹스는 오히려 활력을 주는 운동 효과가 있다. 설령 술을 마셨다 해도 섹스를 하고 나면 금방 깬다.

4 _ 문상이나 출장이 잦아진다 → 두말 할 필요가 있을까? 주위 사람은 그를 위해 죽어 주지도 않고, 회사에서도 그를 위해 외도 출장을 배려해 주지 않는다.

5 _ 동창회에 자주 나간다 → '아이 러브 스쿨'에서 만난 여자(남자)를 만나기 위해 나가는 것이다.

6 _ 갑자기 직접 세탁을 하거나 세탁소에 맡기는 일이 많다 → 흔적을 없애려는 것 아닌가.

7 _ 갑자기 몸에 대해 타박이 심해졌다 → 엉덩이가 처졌느니 배가 나왔느니 하며 다른 상대와 비교를 하기에 그렇다.

당신의 배우자에게 이런 징후가 없는가? 그렇다면 다행이다. 잊지 말아야 할 것은 당신의 배우자도 당신이 위와 같은 행동과 말을 한다면 의심하지 않을 수 없다는 사실이다.

2 안전 보장

들키지 않고
바람피우기 위한 노하우

이 책의 앞부분에서는 불륜의 결과로 이혼이라는 상황까지 가게 되는 경우 발생하는 후유증과 단순한 연애 관계를 원하는 당신이라면 어떤 상대를 가급적 피해야 하는지에 대해 다루었다.

이제 본론으로 들어갈 차례다. 당신이 딱 연애하고픈 이상적인 상대를 발견하고, "바람피우는 일에 대해서는 누구에게든 비밀로 하고 싶어!"라고 속으로 외쳐보았자, 당신의 조그마한 실수를 금세 눈치채고, 확실한 증거를 찾기 위해 촉수를 곤두세울 의심 많은 배우자가 곁에 있다는 사실 앞에서 당신은 무력할 수밖에 없다. 당신의 바람과 욕구를 충족시킬 수 있는 조심스러운 해결 방법이 그래서 필요한 것이다.

지금부터 바람을 피우는 일에 있어 장애가 되는 여러 가지 사항들과 그것을 피할 수 있는 효과적인 노하우를 함께 나열해 보겠다.

어쩌면 당신은 한 가지 또는 여러 가지 부분에서 이 노하우를 실행하는 데 시간이 좀 걸린다고 투덜댈지도 모르겠다. 하지만 완전 범죄를 행하기는(일반적으로 맨 마지막에 문제가 되는 것이 늘 도덕적 이해니까) 어렵다는 것을 부디 염두에 두시길 바란다. 과감히 비교해 보자면, 살인 범죄의 진상이 규명된 90% 이상은 범인이 아마추어 수준의 범행을 저지르고 현장에 증거를 남기기 때문이라고 한다. 더구나 아무리 고도로 발달한 경찰 정보 기관의 정보 능력이라 할지라도 당신의 배우자와 비교할 수는 없다. 왜냐하면 배우자는 당신과 함께 살고 있기 때문에, 당신의 사소한 행동의 변화 하나하나까지 꿰뚫어 볼 수 있는 민감한 촉각을 지니고 있다. 그(혹은 그녀)의 '수사 환경'이 훨씬 유리하다. 그러므로 작은 행동의 실수가 당신에게 치명타를 날릴 수 있다.

여기서 제시할 노하우들은 다방면으로 직접 실행해 보았고, 아직 배우자의 '수사'에 걸려든 적이 없는 신식 버전들이다.

제시된 노하우를 실행해 보는 것은 당신의 선택에 달려 있다. 당신에게 적합한 것이 있을 것이고, 행하기 곤란한 것들도 있을 것이다. 다만 우리가 이 책에서 풀어 놓은 노하우들이 당신이 들키지 않고 바람을 피울 수 있게끔 도와줄 확실한 '아우트라인'이라는 점은 분명하다. 그 노하우들을 통해서 당신은 미처 생각하지 못했던 고려 사항을 확인할 수 있을 것이다. 물론 우리가 제시하는 노하우가 당신에게 100% 적용될 수 없다는 것은 명심해야 한다. 당신의 정황에 맞게끔 그것을 변형시키고, 응용하여 당신만의 노하우로 발전시켜 나가야 한다. 이미 말한 바와 같이 바람을 피우는 데 공짜 안전은 없다. 이 말은 시간과 노력을 투자하지 않고는 되는 일이 없다는 뜻이다.

옷, 외모, 체취 아침에 나섰던 그대로 집에 들어가기

사소한 실수로 인하여 바람피우는 사실이 들통나는 경우는 결코 드문 일이 아니다. 절망스러운 이혼의 길로 당신을 이끄는 것은 휴대폰·신용카드 명세표, 메일, 입소문 이전에 일상생활에서 당신 스스로가 눈에 띄게 행동하기 때문이다.

더구나 외도의 정점이라 할 수 있는 상대방과의 섹스는 즐거운 행위이기는 하지만, 어지간히 조심하지 않고는 구체적인 흔적을 남길 수 있다는 명백한 단점도 가지고 있다.

아주 건조하게 얘기하자면 섹스는 나체가 된 두 사람 사이에서 행해지는 행위에 지나지 않는다. 논리적 표현으로는 행위의 당사자들이, 대부분 아주 성급하게 옷을 벗었다가 다시 주워 입는다는 의미일 뿐이다. 하지만 옷을 벗기 전과 다시 옷을 입고 추스린 당신의 모습, 즉 섹스를 하고 난 후의 당신은 아침에 출근을 하면서 "잘 다녀올게" 하고 출근 키스를 했던 모습과는 전혀 다른 모습을 보여 줄 가능성이 충분하다는 것이다. 최근에 한 남자는 저녁에 부인이 와이셔츠 단추가 잘못 채워져 있는 것을 눈치채서 바로 고백을 해야 했다. 하루 종일 줄줄이 회의에 참가해야 하느라 피곤해서 사우나 에 다녀왔다는 핑계가 부인한테 먹혀들 턱이 없었던 것이다. 거짓말은 절대 순식간에 나오지 못한다.

다른 한편으로 섹스는 가볍게 키스 정도 할 수 있는 아주 가까워진 두 사람 사이에서 가능한 행위다. 석기 시대가 아 닌, 21세기에 살고 있는 현대인들은 다른 사람들의 시선을 위해서 그리고 우리 자신의 만족을 위해 꼭 필요하다고 엄청 난 광고를 해대는 제품들의 유혹에서 벗어날 수가 없다. 화 장품이나 향수류가 그것이다. 그것들은 어김없이 흔적을 남 기는데, 불행하게도 흔적은 자기 눈에는 안 띄고 남의 눈에 만 잘 띈다.

화장기 없는 얼굴에 립스틱도 바르지 않은 여성들은 애프 터셰이브나 스킨로션을 사용하지 않는 남성과 마찬가지로 상상할 수 없다. 유감스럽게도 이러한 제품들은 파트너의 몸 에 오래 남아 즉시 오입의 확실한 증거가 된다. 몸에 새겨진 열정의 흔적은 더 큰 문제를 유발한다. 당신이 배우자 앞에 옷을 벗게 되는 순간 당신은 피 묻은 칼을 쥔 채 취조실에 끌 려온 살인 용의자가 되고 만다. 키스 마크, 할퀸 자국, 몸에 남은 낯선 체취는 더 이상 감출 수가 없다. 어깨에 붙어 있는 다른 사람의 머리카락이 이미 시선을 끌고, 만일 당신이 담배를 피우지 않거나 사무실 전체가 금연인 곳에서 근무한다면 강한 담배 냄새도 해명하기 어렵다.

여자의 자동차에서 남자의 빳빳하고 짧은 머리카락이 발견되어 외도가 들통나는 사례도 종종 있다. 한번 그걸 발견한 남자(남편, 애인)들은 머리카락이 없어도 당신을 죽이려 드는 질투병 환자가 된다. "이젠, 대머리놈과 바람을 피우는군!!"

즉석에서 유죄 판결을 받고 싶지 않으면 이러한 상황은 절대적으로 피하거나, 흔적에 대해 납득할 수 있는 설명을 늘 준비해 놓아야 한다(물론 감출 수 없는 흔적이 불가피한 경우를 전제한 이야기이다). 우리의 상상력으로 설명이나 핑곗거리를 궁리해 내는 데에는 한계가 있다. 아는 사람 중에 한 명은 애인이 흥분한 나머지 고환을 물어 버린 적이 있는데, 그의 성기에 남은 물린 자국에 대해서는 우리도 정말 납득할 만한 핑곗거리를 생각해 내지 못했다. 결국 그에게 피부병인 척하고 그 위에 붕대를 감으라고 조언했다. 하지만 그 사람의 부인이 의심과 동정심, 비뇨학적 · 피부학적 호기심을 한번에 발휘하여 붕대를 바꾸는 순간 결국 들통나고 말았다.

와이셔츠, 블라우스, 양복, 투피스에 남은 흔적을 효과적으로 제거하기

　와이셔츠, 블라우스, 재킷, 또는 양복에 감출 수 없는 얼룩이나 냄새가 남아 있다면 이미 때가 늦었다고 봐야 한다. '치료보다 예방이 중요하다'는 원칙이 괜한 것이 아니라는 얘기다. 가능하다면 당신의 옷과 파트너의 옷이 겹쳐지지 않게 놓는 것이 당신에게 이상적인 밀회의 결과를 가져다 줄 수 있는 예방의 첫 단계이다. 만일의 하나 숨기기 어려운 체취와 얼룩이 남겨졌을 때 이렇게 하면 제거할 수 있으니 잘 명심하기 바란다.

　가장 안전한 밀회 의식을 위한 절차는 신경이 좀 쓰이지만 효과는 완벽하다. 얼룩과 모든 유형의 강한 냄새(정액, 파운데이션, 립스틱, 애프터셰이브, 향수, 담배 냄새 등)가 배지 않게 할 수 있는 유일하고도 효과적인 방법은, 우선 육체적 접촉을 하기 전에 옷을 다 벗는 것이다. 그 외에도 머리카락이나 특유의 체취가 파트너의 옷에 묻거나 배지 않게 두 사람의 옷을 각기 다른 곳에 걸어 놓는다. 예를 들어 호텔방에서는 두 사람의 옷을 쾌락의 공간으로부터 격리시켜야 하므로 한 사람의 옷은 옷장에, 다른 사람의 옷은 욕실에 걸어 두면 된다.
　그 다음 방법으로는 각자 상대의 옷을 전혀 건드리지 않고 잠자리에 드는 방법이 있다. 한 사람이 먼저 호텔이나 아파트에 들어간다. 옷을 벗어서 옷장에 걸어 두고, 침대에 눕기 전에 샤워를 하고 싶으면 한다. 다음 사람이 시간 간격을 두고 들어가 옷을 벗은 다음, 자신의 옷은 욕실에 걸어 둔다. 마찬가지로 샤워를 해도 좋고, 파트너가 누워 있는 침대로 뛰어들어서 즐기면 된다. 경험에 의하면 이렇게 옷을 따로 두면 아무리 진한 향수를 잔뜩 뿌린 사람과 함께 있었다고 해도 은은한 향기만 남길 뿐이다(의심받을 경우에 대비해 애인이 쓰는 향수를 한 개 사서 주머니에 넣고 다니면서 문제 발생시 배우자에게 "당신 주려고 하나 샀어."라고 말하는 것도 가능하다).

아쉽게도 황홀한 밀회가 끝나고 헤어져야 할 시간이 다가왔다. 이럴 때 늘 짜여진 각본처럼 반복되는, 두 사람이 옷을 다 챙겨 입고도 아쉬운 마음에 무의식적으로 주고받는 작별의 키스 절차가 비참한 결말을 가져오기도 한다. 작별 키스는 침대에서 미리 다 끝내고 나서 다음과 같은 절차를 밟아야 한다.

가장 안전한 작별 의식

파트너의 옷에 닿지 않고 작별하는 방법에는 다음과 같은 방법이 있다. 위에서 한참 설명한 대로 두 사람의 옷이 욕실과 옷장에 따로 보관되어 있다는 전제하일 경우다.

섹스가 끝난 다음 한 사람이 먼저 욕실로 가서 샤워를 하고 욕실에 걸어 두었던 옷을 입고 호텔이나 아파트를 나간다. 그러고 나면 다음 사람이 샤워를 하고 옷장에 걸어 두었던 옷을 입는다.

거기까지는 성공했다. 하지만 우리는 의도했던 일이 순간적인 감정의 폭발로 인하여 수포로 돌아갈 수도 있다는 것을 모를 정도로 순진하지도 않다. 당신들이 바람둥이라는 이력이 무색하게 옷을 다 입은 채로 애무를 시작하거나, 아니면 서로 상대의 옷을 벗겨서 침대 옆에 아무렇게나 포개 놓고, 열정의 순간에 모든 것을 집중할 수 있다는 말이다.

섹스가 끝난 다음에는 대부분 두 사람 중 한 사람이 먼저 자신들이 무슨 경솔한 행동을 했는지 똑똑히 알게 되지만 되돌릴 수가 없다. 와이셔츠 깃에는 립스틱 자국이 선명하게 남아 있고, 블라우스에서는 '남자의 냄새(즉 애프터셰이브, 스킨로션, 니코틴, 땀내)'가 진동할 것이다.

어쩔 수 없이 흔적이 남은 경우 다음과 같은 응급 대책으로 문제를 해결할 수 있다. 이는 큰 번거로움 없이 옷에 묻은 심한 얼룩을 신속하고도 흔적 없이 제거할 수 있는 방법들이다.

파운데이션과 립스틱에 대한 응급 대책

흥분을 억누를 수 없어서 옷을 입은 채로 포옹을 하고 애무를 하면 옷에 감출 수 없는 흔적이 남을 가능성이 아주 높다. 세탁소에 옷을 맡길 시간이 충분하지 않기 때문에 다음의 응급 대책이 도움이 될 것이다.

- 립스틱 _ 옷에 묻은 립스틱은 버터와 알코올을 이용하여 쉽게 없앨 수 있다. 가까운 편의점에 가서 우선 버터를 구입한다. 버터를 얼룩 부위에 조금 바른 뒤 손으로 가볍게 문지른다. 그리고 남은 얼룩은 수건에 알코올(알코올 구하기가 힘들다면 소주나 양주 같은 것을 사용해도 된다)을 묻혀 살살 두드리면 엷어진 립스틱의 기름기가 깨끗이 지워진다. 벤젠 또는 알코올로 두드린 다음 비눗물로 닦는 것이 일반적이지만 얼마 안 된 얼룩은 뜨거운 물에 비누를 약간 풀어서 수건에 적신 다음 닦아 내도 지워진다.

- 파운데이션 _ 흰 와이셔츠 등의 밝은 색상 옷에 묻은 파운데이션은 눈에 금세 띤다. 이럴 때에는 벤젠(벤젠이나 소독용 알

코올은 약국에서 구입할 수 있다)이나 휘발유를 거즈 혹은 결 고운 휴지에 묻혀 얼룩의 바깥쪽에서 안쪽으로 살짝 두드려 준후 비누를 살짝 푼 물로 간단히 세탁하면 된다.

시중에서 구입할 수 있는 얼룩 제거제를 이용할 수도 있다. 암웨이사에서 나온 '프리워시'나 '옥시크린 스프레이' 등을 이용하여 별도의 손빨래가 없이도 간단히 옷에 묻은 사랑의 흔적을 제거할 수 있다.

신사임당 여사의 일화를 떠올릴 수도 있다. 가족 잔치에 옷을 빌려 입고 온 여인네가 치마에 까만 음식물을 묻히고 말았다. 그 가난한 여인네를 위해 사임당 여사는 치마를 벗으라 한 뒤에 난을 쳐준다. 얼룩이 묻은 곳에 일부러 다른 얼룩을 묻힘으로써 진짜 얼룩을 감추는 방법도 있다.

향수와 애프터셰이브에 대한 응급 대책

다행히 옷에 아무런 흔적이 남지 않았더라도, 문제가 될 수 있는 것이 바로 상대방의 체취다. 속사정도 모른 채 집에서 반가이 당신을 맞아 줄 당신의 배우자는 적지 않은 시간 동안 당신과 살을 맞대고 살아왔을 것이다. 그(그녀)가 당신 몸에서 풍겨 나오는 생경한 냄새를 지나칠 수 있겠는가? 당신을 유혹하던 은밀한 향기가 덫이 될 수 있는 것이다. 냄새를 없애는 방법으로는 다음과 같은 것이 있다.

숯은 강한 냄새를 빨아들이는 데 다시 없이 좋다. 차 안이나 사무실 책상 아래 숯을 두면 냄새를 상당 부분 없애는 데 도움이 된다. 시중에서 판매하는 스프레이용 탈취제도 준비해 두면 이럴 때 매우 유용하게 써먹을 수 있다. 이러한 상비 용품이 준비되어 있지 않다면, 30~60분 이내에 진한 향수 냄새까지도 담배 연기에 찌들 수 있을 만큼 담배 연기 자욱한 레스토랑이나 술집에 앉아 있는 것도 하나의 방법이다. 삼겹살집이나 돼지 갈비집에 가서 고기로 떨어진 기력을 채우고, 냄새를 제거하는 일석이조의 방법도 추천할 만하다.

육체적 애정 표현의 결과

_ 할퀸 자국, 키스 마크, 푸른 멍을 어떻게 해명하면 될까?

당신이 적당히 취기가 올랐거나 지나치게 흥분한 상태가 아니라면, 그러니까 이성을 잃지 않은 상태로 외도를 했다면 옷에 한 점 흔적도 남기지 않을 수 있다.

그럼에도 불구하고 침대에서는 이성이 맘대로 작용하지 않는다. 그게 정상이다. 아니면 차라리 섹스를 하는 대신에 좋은 음식이나 먹으러 갈 일이다. 그러므로 외도가 들통나게 되는 최악의 위험 요소는 섹스에 대한 열정의 강도에 따라 생기는 할퀸 자국, 이빨로 문 자국, 키스 마크, 섹스 도구 사용에 의한 상처 또는 다른 여러 형태의 자국이 몸에 흔적으로 남게 되는 것이다. 따라서 다음에 소개할 노하우들은 배우자에게 몸에 난 상처 자국에 대해 납득이 가도록 해명하는 방법들이다.

우선 여성들이 절정에 달하는 순간 체위에 따라 배, 등 또는 얼굴에 그 긴 손톱으로 긁어서 만드는 할퀸 자국과 같은, 남성들의 몸에 남는 전형적인 흔적에 대해서 시작해 보자.

이런 경우 섹스 중에는 무아지경의 쾌락을 느낄 수 있을지 모르지만 확실한 표시를 남기는 문제가 발생한다.

할퀸 자국 해명하기

성인인 경우에 할퀸 자국을 해명할 수 있는 유일한 방법은 심한 가려움증으로 긁었다고 말하는 것이다. 그러나 당신이 신경성 피부염에 시달리는 환자가 아니라면, 일시적으로 심한 가려움증을 유발시키는 식중독과 같은 납득할 만한 원인을 만들어 낼 수 있고, 산에 가서 가시에 찔렸다고 말할 수도 있을 것이다. 감쪽같이 속이려면 아래에 씌어진 대로 조치를 취한다.

약국에서 의사의 처방전이 없어도 살 수 있는 적당한 피부 연고를 산다. 냄새가 심하게 나는 것일수록 좋다. 주로 심한 가려움증에 바르는 연고를 달라고 해서 할퀸 자국 위에 바르는 것이다.

배우자에게는 싼 노점에서 음식을 사 먹었는데 지독하게 가렵기 시작했다고 말한다. "오래 된 튀김 기름이 문제가 있는 것 같아." 등의 애기 말이다. 너무 가려워서 화장실에 가서 옷을 벗고 긁지 않으면 안 되었다고 계속 이야기를 하고 만약 할퀸 상처가 손이 닿지 않는 등에 났다면 날카로운 쇠붙이(당신의 직업에 맞는 것으로 골라)로 긁었다고 말한다. 필요한 성우에는 반쯤 낡은 연고를 증거물로 보여 준다.

모래사장이나 잔디밭, 공장 창고의 거친 박스 위, 합성수지, 양탄자 등과 같은 거친 바닥은 격렬한 섹스를 할 때 무릎에 눈에 띌 정도로 긁힌 자국이 남지만 때가 늦어서야 고통을 느낀다. 겉옷은 멀쩡한데 이렇게 무릎에만 상처가 난 경우에는 해명하기 어려우므로, 합성수지 양탄자와 같은 거친 바닥에서 섹스를 할 때는 절대로 맨무릎으로 하지 말고 책을 찢거나 신문지, 수건 같은 것을 바닥에 깔고, 경우에 따라서는 자기 바지나 상대의 옷을 사용할 수도 있다.

할퀸 자국 외에도 키스 마크와 퍼렇게 멍든 자국이 무엇보다 문제가 된다. 다음의 노하우가 있으니 너무 겁을 내지 마시라.

키스 마크와 퍼렇게 멍든 자국에 대한 해명

만일 당신의 몸에 키스 마크나 퍼렇게 멍든 자국이 남았다면, 그 부위에 따라 납득이 될 만한 핑곗거리를 만들어 낼 수 있다. 의자나 책상 또는 문기둥에 부딪혀서 멍들었다고 말하기 좋은 다리, 팔, 가슴은 그리 비관적이 아니다. 어지간해서는 부딪히기 어려운 얼굴, 특히 목 부위가 어려워진다.

약국에서 튜브에 들어 있는, 모기에 물려 가려운 데 바르는 모기약과 일회용 반창고 한 갑을 산다. 집으로 돌아가기 바로 전에 멍든 자국 위에 연고를 바르고 아주 세게 문지른다. 이 속임수는 상처난 부위에 대해 해명하기 쉽게 연고를 바른 부위가 비교적 빨갛게 자극이 되어야 속아 넘어간다. 연고를 바르고 얼만큼 세게 문지르느냐에 따라 빨갛게 부어오르는 효과가 달라진다.

그 다음에는 일회용 반창고나 파스를 (좀 따갑지만) 그 부위에 붙인다. 배우자에게는 '벌레'에 물렸다고 말하는 것이 무난하다. 자칫 계절에 맞지 않는 벌레 이름을 댈 수도 있으니까 차라리 뭔가 모를 벌레라고 얼버무리는 것이 좋다. 한겨울에 벌에 쏘였다고 하면 그 말이 당신 무덤을 파는 결정적 증거가 되고 만다.

배우자가 의심을 해서 일회용 반창고를 떼라고 해도 빨갛게 부풀어 오른 자국을 보면 적합한 연고를 발랐다고 생각할 것이다.

섹스가 끝난 후 원래의 체취로 되돌리기

　상처도 나지 않고, 밀회 후에 파트너의 체취도 남지 않게 집에 돌아온다 해도, 만일 배우자가 멀리서도 당신이 집에서 쓰는 목욕 제품과는 뭔가 다른 냄새가 난다고 느낀다면 당신의 노력이 무색해지고 만다.

　하루에도 몇 명의 여자들과 관계를 가졌던 희대의 바람둥이에게 들은 것인데, 그는 뒤처리를 할 때 비누를 쓰지 않는다고 한다. 도시의 수돗물은 의외로 비누 도움 없이도 때도 잘 빠지고 냄새도 잘 닦아 낸다. 어설프게 모텔 욕실의 비누를 쓰다가는 웬만한 강아지보다 냄새에 예민한 당신 마누라(남편)가 집의 비누향과 금방 비교를 해 버린다.

　특히 여자들은 대부분 피부 손질에 필요한 제품들을 오랫동안 바꾸지 않고 한 가지만 쓰는 습관이 몸에 배어 있다. 이것은 사람들이 각기 다른, 자신만의 취향에 의해 선택한 독특한 체취를 갖게 하는 샴푸, 비누, 바디 클렌저, 스킨, 향수, 화장품 등을 사용하기 때문이다. 결정적인 요소는 냄새의 좋고 나쁨이 문제가 아니라 아침에 집을 나설 때 당신에게서 풍겼던 체취가 저녁 무렵에도 조금은 옅게나마 당신 몸에 배어 있어야 한다는 것이다. 당신과 함께 생활하는 배우자는 언제부턴가 그 냄새에 익숙해 있어서, 그것으로 인해 자극을 받고 당신에 대해 남다른 느낌을 갖게 되는 게 보통인데, 엉뚱한 냄새가 당신에게서 풍겨 난다면 결정적인 의심의 단초가 될 수 있다. 애인과 섹스를 한 후 불가피하게 샤워를 해야 한다면(당신은 섹스 후에 땀 냄새를 풍기며 집으로 돌아가지 않는 고수이니까) 사전에 적당한 준비가 필요하다.

매일 나만의 체취를 풍기기!

우선 배우자가 늘 똑같은 당신의 체취에 익숙해지게 하는 것이 가장 중요한 방책이다. 그러려면 다음과 같은 조처가 필요하다.

가능한 아주 강하고 일정한 냄새가 풍기도록 매일 샤워를 한다. 꼭 필요한 것은 다음이다.

· 샴푸로 머리를 감는다.
· 바디 클렌저는 아끼지 말고 듬뿍 묻혀 사용한다.
· 아끼지 말고 스프레이용 향수를 많이 뿌린다.
· 남성의 경우에는 얼굴에 향이 강하고 독특한 스킨을 바른다.
· 여성의 경우에는 향수를 목이나 겨드랑이, 손목 등에 신경 써서 뿌린다.

사용하는 제품은 가급적 화장품 전문점이나 바디샵에서만 살 수 있는 희귀한 것은 피해야 한다. 하지만 편의점이나 동네 화장품 가게에서 파는 싸구려 물건을 쓴다는 것이 여러분의 자존심과 품위를 손상시키는 것이라면, 한번 구입할 때 여벌로 여러 개 구입할 것을 권한다. 그래서 당신의 주요 생활 공간(직장, 자동차 안 등) 적당한 곳에 숨겨 놓고, 만일의 경우에 대비해야 한다.

호텔에도, 애인의 집에도 당신이 사용하는 제품들이 전부 구비되어 있지 않다. 그러므로 섹스가 끝난 후 샤워하면서 사용할 수 있게 '당신만의' 애용 제품을 항상 준비해 두는 것이 필수다. 애인이 혼자 살면 애인 집에 당신이 사용하는 제품들을 보관해 두면 간단하다. 만일 호텔에서 관계를 갖거나, 야외나 공원에서 하는 섹스를 좋아한다면 자동차 안에 자기만의 '체취 관리 가방'을 항상 지참해야 한다. 가방은 부피가 크면 휴대하기도 불편하고, 괜한 시선을 끌 수 있다. 당신이 주로 사용하는 샴푸나 바디 클렌저, 로션 등의 샘플을 챙겨 다니거나, 조그마한 용기에 담아 부피를 줄이는 것이 좋다.

귀가 전 마무리 바디 체크

놀랍도록 법의학이 발달되어 있어 사람 몸에 묻은 냄새만으로 그와 몇 시간 전에 함께 있었던 용의자의 신분을 알아내기도 하는 세상이다. 당신의 배우자가 언제 국립과학수사연구소에 그런 수사를 의뢰할지 모른다. 매사 불여튼튼이라 했다.

모든 안전 조치를 다 취했다고 하더라도 귀가 전에는 체크리스트에 따라 다시 한 번 마무리 점검을 할 것을 신신 당부한다. 조종사들은 꿈 속에서도 자신이 꼭 해야 할 일이 무엇인지 줄줄이 외울 정도일 망정, 이륙하기 전에는 그러한 체크 리스트에 따라 비행기를 다시 한 번 점검한단다.

인생에서 단 한번의 실수가 믿을 수 없는 결과를 가져오는 경우가 있다. 간단한 점검만 했어도 될 것을 그 결함을 모르고 이륙시켜서 난 대형 항공기 참사가 많다잖은가. 당신이 개인적인 큰 사고를 체험하는 데는 배우자에게 단 한 가지의 암시를 주는 것만으로도 족하다.

그러므로 귀가 전에는 반드시 조종사가 하는 것처럼 다음의 체크 리스트에 따라 다시 한 번 점검하는 습관을 들여라. 때로는 예고 없는 민방위 훈련처럼 외도를 하지 않은 날도 해보는 자세가 필요하다. 이 체크 리스트는 배우자의 날카로

운 관찰을 벗어나기 위한 최소한의 필수 점검 항목임을 알아
두시라.

- 머리는 평소대로 드라이하고 빗질은 했는가?
- 당신이 여자라면 파운데이션과 립스틱을 바르고 마스카라를 칠했는가?
- 키스 마크나 할퀸 자국이 보이지는 않는가?
- 귀걸이와 목걸이, 시계, 반지는 집에서 나온 상태로 원상복구했는가?
- 등에 키스 마크나 할퀸 자국이 남아 있지는 않을까?
- 립스틱이나 파운데이션 자국이 남아 있지 않은가?(뺨, 입술, 귀)
- 스킨은 발랐는가?
- 와이셔츠, 블라우스 단추는 제대로 채웠는가?
- 팬티는 뒤집어 입지 않았는가?
- 와이셔츠, 블라우스에 얼룩이 남아 있지 않은가?(뒷면은 파트너에게 점검을 부탁하라!)
- 허리띠는 제 구멍에 끼웠는가?
- 양복, 투피스, 재킷이 구겨지지는 않았는가?

카섹스를 즐기는 당신, 차 안의 흔적을 없애라

만약 당신이 교외로 나가 한적한 곳에 차를 대고 그 안에서 즐기는 카섹스를 좋아한다면 차 안에 남게 되는 흔적들에 대해서도 신경 쓰지 않을 수 없다. 차 안의 냄새나 작은 머리카락이나 말라비틀어진 정액, 치모 등 차량 운전자의 눈에는 쉽게 띄지 않는 흔적들이 남아 있을 수 있다. '카섹스 외도'는 배우자가 의심하고 증거를 발견하기 위해 달려들면 백발백중 걸릴 수밖에 없다는 말이 있다.

차 속에서 격렬한 정사를 치렀다면, 집에 들어가기 전에 근처 손세차 전문 업소에 들러 깨끗이 흔적을 없애는 것도 좋은 방법일 것이다. 차 속에서 발견된 불륜의 흔적으로 인해 자동차 전체가 외도의 증거물로 법원에서 채택되었다는 얘기도 있다.

키스 마크 제거를 위한 비장의 카드 – 스킨 커버

작년 이맘때 일이다. 당시 난 회사 후배와 비밀리에 만나고 있었다. 결혼한 지 2년 반이 되었지만 기다리는 아이는 생기지 않고, 결혼 생활은 슬슬 염증이 나기 시작했다. 바쁜 남편은 항상 늦었으며, 집에 들어오면 잠에 곯아떨어지기 바빴다. 직장일도 큰 변화가 없었고 산다는 것이 참 무료하게 느껴졌다. 계절이 바뀌면 커튼을 빠는 것, 주말이 되면 장을 보는 것, 양모가 섞인 옷은 꼭 울샴푸로 손빨래를 하는 것과 같은 일상적인 일들이 모두 시시하게만 보였다. 난 점점 멍하게 있는 시간이 많아지고, 모든 것에 흥미를 잃어 가고 있었다. 그러던 중 회사 사람들과 술을 많이 마시게 된 날이 있었고, 술김에 우발적으로 회사 후배와 관계를 맺었다. 이상하게도 죄책감이 별로 들지 않았고 오히려 그에게 남성으로서의 매력을 느끼게 되었다. 우리는 그후 주기적으로 만나기 시작했다.

우리는 보통 보름에 한두 번 퇴근 후 한두 시간 정도 만났다. 남편에게는 야근을 한다고 전화를 해 놓은 상태에서 단골 모텔에서 관계를 가졌다. 함께 열렬하게 서로의 몸을 탐닉한 다음 늘 신경 쓰여지는 것이 헝클어진 머리와 간혹 몸에 남게 되는 키스 마크였다.

　작년의 내 머리는 소위 말하는 바람머리였다. 항상 헤어왁스를 발라서 관리해야 예쁘게 모양이 잡히는 헤어스타일이다. 문제는 헤어왁스라는 것이 머리를 고정시키는 힘이 강하다는 것이다. 해서 침대에 오랫동안 누워 있고 거기다 다른 무게까지 더해지면 뒷머리가 눌려 버려, 웬만해서는 아침에 집을 나설 때의 머리 모양으로 복원시킬 수 없었다. 한번은 눌려진 머리를 대충 손으로 정리하고 집에 들어갔는데, 남편이 먼저 집에 와 있는 것이다. 남편은 비교적 둔감한 편이었지만 그날은 유독 나를 꼼꼼하게 쳐다보며 머리가 왜 그렇게 엉크러졌냐고 물어봤다. 나는 속으로 뜨끔해하며 남편에게 반문했다.

　"내 머리가 어떤데?" "봐봐. 머리가 눌렸잖아. 어디서 한숨 자다 왔냐?"

　나는 이제서야 생각이 난다는 듯 오늘 점심 먹고 너무 졸려서 휴게실 쇼파에 누워 잠깐 눈을 붙였는데, 그때 머리가 눌린 것 같다고 변명했다. 남편은 그러냐며 여자가 칠칠 맞지 못하다며 넘어갔지만, 난 그후 애인과의 관계 후 머리 모양에 신경을 쓰기 시작했다. 웬만해서는 거짓말을 하기 싫었기 때문이다. 해결책은 간단했다. 내가 집에서 쓰는 것과 똑같은 샴푸나 헤어왁스와 같은 머리 용품을 장만하여 가지고 다니는 거였다. 샴푸 같은 경우는 용기가 너무 크기 때문에 휴대하기에 편한 샘플을 구했다.

머리 문제야 간단하게 해결되었지만 정작 내 마음을 졸이게 하는 것은 키스 마크였다. 애인은 내 목을 입으로 애무하는 것을 좋아했다. 하지만 간혹 너무 힘을 주며 애무하여 목에 자국을 남기는 거다. 화도 내고, 계속 그렇게 하면 당신과 더 이상 만나지 않겠다고 투정도 부렸지만 어쨌든 그 마크가 남편이나 다른 사람의 눈에 띄지 않게 하는 것이 급선무였다. 대일 밴드를 붙이는 것은 싫었다. 이왕이면 아무 일도 없었던 듯 보이게 하고 싶어서 급한 대로 자국이 난 자리에 파운데이션을 발라 보았는데 대충 가려지는 듯했지만 완벽하게 커버하지도 못했고, 또 그 자리의 색깔이 다른 곳과 너무 확연하게 차이가 났다. 난 잡티를 완벽하게 커버

하기 위해 쓰는 스킨 커버가 있다는 것을 생각해 내고 바로 화장품 가게로 달려가 내 피부색과 가장 어울리는 스킨 커버를 샀다. 그 다음 이왕 가릴 거면 제대로 가리자는 생각에 얼굴 화장하는 것과 비슷하게 목 전체에 파운데이션을 가볍게 바른 다음, 스킨 커버를 문제의 키스 마크 자리에 정성스럽게 발라보았다. 그후 파우더를 목 전체에 두드려 바르며 마무리했다. 목 화장을 다 마치고 거울을 보니 다행스럽게도 평소의 목과 그다지 다를 바가 없었다.

이렇게 혹시나 흔적을 남겨 남편이 눈치를 채지는 않을까 전전긍긍하며 바람을 피웠지만 3개월을 넘기지는 않았다. 그 애인에게 싫증을 느낀 것도 아니고 그와의 만남이 싫어진 것도 아니지만, 난 어느덧 다시 힘을 차려 생활의 활력을 찾게 되어 위험을 무릅쓸 정도로 다른 남자가 필요하지 않았기 때문이다. 그리고 무엇보다 꼬리가 길면 밟힌다는 선인의 지혜를 따르기로 했기 때문이다

_ 34세, 여, 회사원 (경기도 고양시 거주)

　당신의 마음속에 누군가가 들어와 앉게 된다면, 수시로 그의 목소리를 듣고, 자신의 이야기를 속삭이고 싶은 것은 너무나 당연한 일이다. 애인과 연락을 하는 것은 당신의 행복을 위한 필수적인 요소일 것이다. 반면 아주 용의주도하고, 조심스럽게 행해야 할 일이기도 하다. 연애하는 동안 늘 따라다니는 포기할 수 없는 일이기에, 사소한 실수라도 배우자에게 들키지 않도록 주의를 해야 한다.

　연애를 하게 되면 대부분의 사람들은 짬이 날 때마다 애인과 전화하고 싶은 욕구가 생긴다. 특히 두 사람의 관계가 전적으로 육체적인 것만 아니라, 정신적으로 자신과 대화할 수 있는 사람을 원하는 경우에는 특히 대화 욕구가 강하게 작용한다. 애인과 오랫동안 관계를 유지하면서 연락을 하고 싶다면 의심 많은 배우자를 철저하게 따돌려야 한다. 그래야 내 가정을 파산에서 구할 수 있다. 파산을 막으려면 이런 노력을 해야 한다.

첫째, 모든 면에서 용의주도해야 한다. 배우자가 의심의 촉수를 예민하게 뻗치고 있다면 그만큼 더 경계해야 한다. 즉 배우자보다 늘 한 수 위에 있어야 한다.

둘째, 발각될 모든 가능성을 파악하여 정리해야 한다. 어떤 것들 때문에 발각될 것인지를 미리 생각하고 정리해야만 위험에 대비할 수 있게 된다. 전화, 휴대폰, 컴퓨터 등은 당신 애인과의 연락을 위한 가장 편리한 문명의 도구이기는 하지만 역으로 발각의 위험에 제일 많이 노출되는 것이기도 하다.

셋째, 발각에 대비한 대비책을 마련해야 한다. 걸릴 수 있는 가능성이 조금이라도 있는 것은 반드시 그에 대한 대비나 노력을 아끼지 말아야 한다.

넷째, 평소 가정 생활에 충실해야 한다. 배우자와 아무런 마찰이 없는 관계를 유지하는 것이 매우 중요하다. 그러려면 배우자에게도 최대로 잘해 주고 아이들한테도 모범이 되는 역할을 해야 한다.

다섯째, 혹시라도 배우자가 의심하는 태도를 보이면 강력히 부인해야 한다. 물론 결정적인 증거를 들이댄다면 할 수 없지만 철저히 준비하고 대비한 경우에는 그리 중대한 꼬리가 잡히지는 않는다.

여섯째, 평소 동창회, 동호회 등 다양한 모임 활동에 참여

하는 것이 좋다. 그런 활동에서 적당한 외도 상대를 만날 수 있는 기회가 많아지는 것은 물론이고, 그러한 활동에 열심인 사람이라는 것을 당신 배우자에게 인지시킴으로서 핑계나 알리바이를 많이 확보할 수 있기 때문이다. 반드시 배우자에게 주기적인 모임을 갖고 있다고 알려야 한다.

일곱째, 항상 긴장을 풀지 않는 것이다. 특히 술 취한 저녁, 술기운이 감정을 북돋아 애인이 보고 싶어지게 되면 긴장이 이완되어 평소에는 절대로 안할 행동을 하는 수가 있다. 집으로 전화를 하다거나 핸드폰에 음성을 남기는 짓은 하지 말아야 한다. 꼬리가 길면 밟힌다는 게 이런 걸 두고 말하는 것이다.

꼬리가 길어도 밟히지 않으려면 앞에서 이야기한 전화, 휴대폰, 컴퓨터를 잘 사용해야 한다. 의심 많은 배우자를 안심시키려면, 사소하지만 결정적인 실수를 피해야 한다. 우선 핸드폰 사용 비결을 알려 주고자 한다.

휴대폰을 이용한 애인과의 연락

휴대폰은 반드시 당신 명의의 것을 사용해야 한다

당신의 배우자가 통화 내역서를 뗄 수 없도록 하기 위해서다. 만약 당신이 쓰고 있는 휴대폰이 배우자 명의로 되어 있는 것이라면, 그가 원하기만 하면 인터넷 사이트를 통해 당신의 통화 내역을 일일이 확인할 수 있다. 물론 당신 명의의 것이라고 해도 배우자가 원하면 심부름 센터 등을 이용한 불법적인 방법을 통해 통화 내역서를 구할 수도 있겠지만 우선 쉽게 통화 내역서를 구할 수 없도록 자신의 명의로 핸드폰을 마련하는 것이 중요하다.

휴대폰 위치 추적을 할 수 없도록 미리 손써야 한다

휴대폰을 자기 명의로 구입해야 하는 이유는 위치 추적 서비스 때문이기도 하다. 위치 추적 서비스의 원리는 이렇다. 당신의 휴대폰 A와 당신의 배우자 휴대폰 B가 있다고 치자. B 휴대폰을 통해 당신의 위치를 언제 어느 때고 체크하기 위해서는 휴대폰 A가

위치 추적 서비스에 가입된 상태여야 한다. 그리고 A 휴대폰에서 위치 추적 허용 옵션을 통해 B 휴대폰 번호를 등록시키면 된다. 만약 당신의 배우자가 당신에게 생일 선물로 당신 모르게 위치 추적 서비스에 가입된, 그리고 자신의 휴대폰 번호에 대해 위치 추적을 허용한 휴대폰을 주었다고 한다면, 당신은 당신 배우자의 수정 구슬 안에 들어가게 되는 것이다. 각 이동통신사 별로 수호천사(016, 018), n-top(011, 017), Where A.U(019) 등의 이름을 가지고 있는 이 위치 추적 서비스는 건전한 목적으로 쓰여지게 되면 아주 유용한 도구이지만, 경우에 따라서는 족쇄가 될 수 있다는 점, 잊지 마시기 바란다.

최근 발신 번호와 최근 수신 번호 삭제를 생활화해야 한다

최근 발신 번호와 최근 수신 번호를 없애야 애인하고 통화한 사실을 감출 수 있다. 귀찮은 일이긴 하지만 집에 들어가기 전 2, 3분만 시간을 내서 숨기고 싶은 번호를 지우는 습관을 가져야 한다. 통화한 게 하나도 없이 싹 지워 버리면 오히려 더 의심받을 수 있으니까 발신, 수신 번호 중에서 의심을 받을 만한 번호만 골라서 지우는 것이 좋다.

애인의 전화 번호는 가급적 단축 버튼 저장을 하지 말아라

일일이 전화 번호 누르는 게 귀찮아 보통 단축 버튼을 사용해 번호를 저장한다. 1번은 누구, 2번은 누구 등등. 하지만 문제는 어느 날 갑자기 배우자가 단축 버튼을 눌러 볼 수 있다는 사실이다. 절대로 애인 번호를 단축 버튼으로 저장하지 말아야 한다. 혹 저장을 하더라도 이름은 엉뚱한 남자 이름을 만들어서 사용해야 한다. 예를 들어 애인 이름이 '상미'라면 '상철'로 등록해야 의심을 받지 않는다.

경제적 여유가 허락된다면 별도의 휴대폰을 마련해라

휴대폰 문제를 가장 쉽게 해결할 수 있는 방법은 별도의 휴대폰을 하나 더 마련하는 것이다. 애인 전용으로만 쓰는 휴대폰을 하나 마련한다면 위치 추적이나 최근 발신, 수신 번호에 신경 쓰지 않아도 된다. 일부 이동 통신 회사의 경우 투넘버 서비스를 제공하지만 이 경우에도 불필요한 의심을 불러일으킬 수 있다. 이

핸드폰에도 주의는 기울여야 한다. 반드시 집에 들어갈 때는 감쪽같이 숨겨 놓고 가야 한다. 그리고 휴대폰 요금 명세서가 집으로 날아오는 일도 없어야 한다. 우편물 수신처를 회사나 혼자 사는 믿을 만한 친구 집으로 지정해 놓는 것은 필수다. 물론 휴대폰에 잠금 장치하는 것도 잊어서는 안 된다.

배우자 앞에서 애인 전화를 자연스럽게 받는 방법을 훈련해야 한다

배우자와 있는데 애인에게서 전화가 오는 경우가 있다. 가능한 한 그런 경우가 없도록 사전에 손발을 맞추는 게 중요하지만 그런 경우를 대비해서 별도의 연습을 해야 한다. 배우자랑 있는데 애인에게서 전화가 오면 "응, 나 지금 집사람이랑 같이 있어, 급한 일 아니면 내가 나중에 전화할게." 하고 끊으면 된다. 절대로 당황하는 모습을 보이지 말고 목소리도 더듬지 말고 태연하게 해야 한다. 또 주의할 것은 전화 속의 목소리가 자기만 들을 수 있는 크기로 사전에 조정을 해놓아야 한다. 수화기 쪽을 귀에 완전 밀착하는 것도 소리를 죽이는데 도움이 된다. 전화를 거는 애인도 가급적 발신 번호가 표시 안 나도록 사전에 입을 맞추는 것도 고려해야 할 사항이다.

발신 표시가 안 나게 하는 법은 의외로 간단하다

일반 전화로 걸때는 169번을 먼저 누르고 핸드폰 번호를 누르면 '전화가 왔습니다' 라고만 뜬다. 이동 전화에서는 *23#을 먼저 누르고 상대방의 전화 번호를 누르면 자신의 번호가 표시되지 않는다.

문자 메시지를 그냥 두지 말아라

애인이 문자 메시지를 보냈는데 그것을 읽은 뒤 지우지 않아서 걸리는 경우는 많다. 특히 집에 있을 때는 메시지를 보내는 일이 없도록 사전에 약속해야 한다. 만일 보낸다 하더라도 둘만이 아는 암호를 만들어서 보내야 한다. 예를 들어 급한 일이 있으니까 전화해 달라는 것은 119로, 사랑한다는 말은 1004 등 서로 암호를 만들어 사용해야 한다. 또 무엇보다 읽은 메시지는 무조건 지운다는 것을 철직으로 심이야 한다. 단 의심을 살 여지가 없는 메시지는 지우지 말고 보관해도 된다. 700이나 060 등의 유료 광고

성 메시지는 그냥 놔두어도 된다. 만일의 경우 이상한 메시지가 많이 들어 온다는 핑계를 댈 수 있기 때문이다. 자신이 보낸 문자 메시지도 저장하지 말고 바로바로 지워야 함은 물론이다.

초보자의 실수, 절대 핸드폰은 꺼놓지 마라

대부분의 사람들이 애인하고 있을 때 휴대폰을 꺼놓는 경향이 있다. 이는 무척 바보 같은 짓이며 더 의심 사는 행동이다. 핸드폰으로 연락이 되는 한 배우자는 일단 안심을 할 수 있다. 언제 어느 때고 (모텔 안에 있더라도) 전화는 꼭 받아야 하며 배우자와 통화할 준비가 돼 있어야 한다.

배우자가 절대로 찾을 수 없는 곳에 휴대폰 보관하기

배우자 모르게 애인과의 통화 전용으로만 별도의 휴대폰을 마련했다면 무엇보다 들키지 않게끔 보관에 각별한 주의를 기울여야 한다.

승용차 운전자를 위한 휴대폰 보관 요령

승용차의 유형에 따라 다음과 같은 대체 방법이 있다.

- **공구 상자**

  예를 들면, 공구 상자 안에 휴대폰이 들어갈 적당한 맞춤 공간을 마련한 다음, 휴대폰을 넣고 공구 상자를 다시 제자리에 놓고 움직이지 않게 고정시킨다. 공구 상자 안에서 휴대폰이 굴러 다니지 않도록 주의하라. 휴대폰은 충격에 매우 약하다.

  들킬 확률 → 매우 낮음(차량에 이상이 발생하는 경우는 그리 잦은 것이 아니다.)

- **스페어 타이어의 테 안쪽**

  접착력이 강한 테이프로 휴대폰을 스페어 타이어의 테 안쪽에 고정시킨다.

들킬 확률 → 승용차의 상태에 따라 다르지만 대개 매우 낮음(타이어가 펑크 나지 않는 한)

- **미등 커버 뒤**

휴대폰을 미등 커버 뒤에 고정시킨다.

들킬 확률 → 극도로 낮음(미등에 불이 들어오지 않아 커버를 떼어낼 때에만)

승용차가 없는 사람을 위한 휴대폰 보관 요령

안전한 은폐 장소인 승용차가 없는 경우에는 더 많은 상상력이 필요하다. 직장에서는 청소부의 손이 닿지 않는 곳이라야 은폐 장소로 적합하다. 그렇지 않으면 십중팔구 휴대폰을 도둑맞거나 수위에게 습득물로 신고된다.

은폐하기 적합한 장소로는 근무 환경에 따라 다음과 같은 곳을 들 수 있다.

- 휴대폰을 책상 아랫면에 테이프로 고정시킨다. 개인 책상이 없으면 동료 책상을 이용해도 된다.
- 밑에서 보면 전혀 보이지 않을 정도의 높은 캐비닛 위에 보관한다. 휴대폰을 벽 가까운 쪽이나 캐비닛 위의 중앙에 놓아 둘수록 더 안전하다.

- 롤 컨테이너가 있는 공장에서는 롤 컨테이너의 아래쪽에 테이프로 고정한다.

비밀 첩보원처럼 휴대폰 감추기

승용차나 직장에 휴대폰을 감출 만한 장소가 없으면 집으로 가져가는 수밖에 없다. 안쪽을 휴대폰 크기만큼 잘라 낸 책을 이용해서 의심받지 않게 휴대폰을 집으로 가져갈 수 있다. 다음과 같이 하면 된다.

- 최소한 휴대폰보다 한 배 반 정도의 두께에, 길이는 5cm 정도 더 길고, 폭이 넓으며, 전철이나 버스에서 읽는다고 얘기할 수 있을 만한 책(업무에 관련된 책이 가장 좋다)을 한 권 고른다.
- 책을 편 다음 휴대폰을 그 중앙에 놓고 연필로 휴대폰 둘레를 따라 사각형 모양이 되게 선을 긋는다. 책의 테두리로부터 위아래 좌우의 간격이 일정해야 한다.
- 날이 잘 드는 칼(예를 들면 공업용 칼)로 사각형 모양을 따라 잘라 낸다(종이질에 따라 단번에 0.5cm 두께로 잘라진다).
- 잘려진 만큼 종이를 집어 내고 마저 자른다.
- 휴대폰을 넣을 수 있을 깊이가 될 때까지 계속 반복해서 잘라 낸다. 그런 다음 책을 덮으면 전혀 보이지 않는다.

영화 〈쇼생크 탈출〉을 본 사람이라면, 팀 로빈스가 탈출을 위해 벽에다 구멍을 파는 데 사용한 손망치를 이런 방식으로 성경 속에 숨겨 놓은 것을 기억해 낼 것이다.

휴대폰을 숨긴 책을 서류 가방에 넣고 집으로 가면 두 가지를 다 들고 가는 셈이 된다. 그러나 주의할 점은, 책 속에 숨기기 전에 휴대폰을 껐는지 반드시 꼼꼼하게 살펴야 한다. 갑자기 서류 가방 안에서 휴대폰 벨소리가 울리면 숨긴 것이 당장 탄로나기 때문이다.

집에서 살림만 하는 사람이 휴대폰 감추기에 적합한 장소

위험을 무릅쓰고 휴대폰을 직장과 집으로 들고 다니는 직장인들보다 집에서 살림만 하는 사람들에게는 휴대폰을 감추기가 훨씬 쉽다. 집안에서 휴대폰을 감추기에 안전한 장소로는 다음과 같은 곳이 있을 것이다.

- 여성의 경우
  _ 화장품 가방
  _ 신발장 안에 있는 구두 속
  _ 옷장 속의 스웨터 뒤

_ 냄비 속(남편이 전혀 요리를 하지 않는다면!)

_ 양변기 물통 속에 비닐로 싸서

• 남성의 경우

_ 옷장 속의 스웨터 뒤

_ 공구함(부인이 망치질조차 하지 않는 사람이라면)

_ 빈 비디오 테이프 케이스 안

비밀 휴대폰의 관리

귀가하기 전에 양복 주머니 또는 작업복에 들어 있는 비밀 휴대폰을 꺼내서 책상 서랍이나 캐비닛에 넣고 잠근다는 것을 한 번쯤 깜빡 잊었다고 상상해 보자. 비밀 휴대폰이 배우자의 손에 들어가, 그 안에 저장되어 있는 애인의 전화 번호로 전화를 해서 관계가 발각된다면, 당신은 자신의 무덤을 판 꼴이 된다.

"뭐가 어쨌다는 거야, 그럼 집사람이(그이가) 모르는 비밀 번호로 입력해 놓고 잠금 상태로 두면 되잖아!" 하고 말하기 전에 먼저, 그런 경우가 생기면 비밀 휴대폰을 가지고 있다는 사실을 도대체 어떻게 해명할 것이며, 비밀 번호를 실토하지 않고도 견딜 수 있는 무슨 그럴싸한 핑곗거리로 배우자를 납득시킬 수 있는지 묻고 싶다. 이것으로 당신에 대한 배우자의 신뢰도를 테스트할 수 있을 것이다. 그렇다면 전원을 끈 휴대폰을 배우자가 발견했을 경우, 어떻게 대처해야 할까?

전원이 꺼져 있는 휴대폰을 왜 가지고 있는지 이렇게 핑계를 대라

"여보, 오늘 동창(고객)이 찾아왔었어."

"글쎄 그 사람이 우리 사무실에 휴대폰을 두고 갔지 뭐야. 그냥 내버려 두고 올 수가 있어야지."

비밀 번호에 대해 물으면 이렇게 대답한다.

"내가 남의 비밀 번호를 어떻게 알겠어?"

휴대폰 주인의 이름을 물으면 이렇게 대답한다.

"남의 이름이 당신한테 왜 중요해?"

· 주의 _ 이 수법은 단 한 번밖에 써먹을 수 없다!

배우자가 전원이 켜져 있는 휴대폰을 발견했을 경우가 더 심각하다. 물론 동료 또는 고객이 사무실에 두고 갔다고 말할 수는 있지만, 배우자가 휴대폰을 들고 전화 번호 목록을 뒤져 볼 수도 있다.("그 사람이 어떤 전화번호들을 저장했는지 한 번 볼까?") 바로 그 때문에 전화 번호 저장에 대한 다음과 같은 노하우가 필요하다.

남의 이름과 조작한 번호로 휴대폰에 애인의 전화 번호를 입력하라!

위에서도 말했지만, 가능한 한 애인의 전화 번호는 저장하지 않는 것이 좋다. 하지만 낭신의 기억력이 평균 이하거나, 기억해야 할 애인의 전화 번호가 너무나 많은 경우라면 다음과 같은 방법을 이용하면 된다. 가상의 이름으로 전화 번호를 등록하는 방법이다. 의심이 가지 않게 흔한 성으로 골라 입력한다. 김, 이, 박 등, 여성의 이름이 아니라 남성의 흔한 이름을 입력하면 된다. 영철, 민수, 경호 등으로 한다.

전화 번호는 다음과 같이 입력한다

그런데 더 주의를 요하는 것은 '영철'이라고 입력한 단축키를 눌러 배우자가 전화를 했는데 낭랑한 여자가 받았다면 의심이 간다. 의심이 많은 배우자를 두셨다면 애인의 전화 번호는 절대 단축키에 저장하면 안 된다. 혹 저장을 하더라도 숫자를 더하거나 빼서 입력한다(예를 들어 지역 번호 031이면 032로, 051이면 061 등으로). 자기만이 알도록 번호를 조작해야 한다.

만일 배우자가 이 번호로 전화를 건다 해도 두 가지 중에 한 가지일 것이다. 결번이거나 아니면 누군가 전화를 받더라도 당신을 전혀 모른다고 말할 것이다. 어차피 친구나 동료의 휴대폰에 저장되어 있는 전화 번호인데 상대방이 어떻게 당신을 알겠는가!

인터넷으로 애인과 연락하기

_ 문자 메시지, E-메일, 메신저, 둘만의 커뮤니티

휴대폰말고 인터넷으로 애인과 연락하면서 경비도 절약할 수 있는 방법을 생각해 보자. 이 방법은 끓어오르는 감정이나 데이트 약속을 더 이상 귀에 대고 속삭일 수 없고 문자로 교환해야 한다는 제한이 한 가지 따르지만, 상대적으로 휴대폰에 비해 흔적이 남을 확률이 적고, 생각 이상으로 간편하다.

문자 메시지는 언제나 전화보다 더 싸다!

자녀들에게 휴대폰을 사 준 부모들은 잘 알겠지만, 요새 아이들은 휴대폰을 통화보다는 문자 메시지를 주고받는 데 훨씬 많이 이용한다. 버스나 지하철에서 한 손만을 이용하여, 엄청나게 빠른 속도로 액정 화면에 무언가를 입력하는 아이들을 본 기억이 있을 것이다. 문자 메시지만으로도 보통은 만날 약속, 애정 확인 등과 같은 중요한 정보 교환을 하기에 충분하다.

조사한 바에 의하면, 애인과 통화하면서 실제로 중요한 내용을 교환하는 것은 전체 통화의 최대 30%이며, 나머지 시간은 인사, 작별 인사와 잡담으로 차지하는 것으로 나타났다. 그러므로 애인이 보고 싶어 죽을 지경이 아니라면, 통화 시간이 얼마나 걸릴지 또 요금이 얼마나 나올지 미리 알 수 없는 전화보다는, 한 1분쯤 통화한 다음 "안녕, 너무 비싸서 이만 끊어야겠어."라고 말하느니보다는, 차라리 비용이 얼마나 드는지 정확히 아는 문자 메시지를 보내는 게 낫다.

처음 휴대폰에 문자를 입력하는 것이 익숙치 않아 고생을 하긴 하지만, 비용 절감은 물론이고, 문자 주고받는 잔재미가 꽤나 쏠쏠함을 느낄 수 있을 것이다.

인터넷을 이용한 무료 문자 메세지 전송

무료로 E-메일을 전송할 수 있다는 것쯤은 누구나 알고 있는 사실이다. 컴퓨터를 하루 온종일 들고 다니지도 않을 뿐더러, 비용이 만만치 않은 휴대폰으로 무선 인터넷에 접속하는 사람은 거의 없다. 여러 이동 통신 업체들은 회원들에게 시간당 제한된 수만큼의 문자 메시지를 컴퓨터에서 휴대폰으로 직접 전송할 수 있는 서비스를 제공하고 있다. 일정한 건수에 대해 무료라는 장점 외에도 물론 발신자의 신원이 확실하게 보장된다는 장점이 있다.

2003년 3월 현재 한국에서 무료 문자 메시지 서비스가 제공되는 곳은 다음과 같다. 회원 가입시 월 30~100건 정도의 무료 문자 메시지 서비스를 제공한다.

● 이동통신사별

011, 017 사용자 : http://nateon.nate.com - 월 100건 무료

016, 018 사용자 : http://www.kftmembers.co.kr - 월 60건 무료,

http://www.magicn.com - 월 40건 무료

019 사용자 : http://www.mylg019.co.kr - 월 30건 무료

● SMS까페 _ www.smscafe.co.kr

통신사에 관계없이 가입시 매일 3건씩 무료로 문자 메시지를 보

낼 수 있다.

E-메일을 이용한 애인과의 연락

E-메일은 인터넷을 이용한 대표적인 커뮤니케이션 수단이다.

이 책의 독자들이라면 누구나 E-메일 주소 하나쯤은 가지고 있

을 것이다. 만약 회사 명의의 E-메일 주소만을 가지고 있거나,

아직 이 편한 문명의 이기에 접하지 못하고 있는 사람이라면 다

음과 같은 방법으로 자신의 E 메일 사서함을 장만할 수 있다.

대표적인 무료 E-메일 계정은 다음, 프리챌, 네이버, 엠팔, 야

후 코리아, hotmail 등 무궁무진하다. 해당 사이트에 접속한 다음, 아래의 순서에 따르면 애인과의 연락에만 사용할 수 있는 자신만 아는 E-메일 계정을 만들 수 있다.

- '회원 가입'을 클릭한다.
- 개인 정보를 입력할 때 이름, 주소는 적당히 꾸미고, 전화번호와 E-메일 주소(예를 들어 회사에서 사용하는)는 적지 않는다!
- 나머지 정보는 표시된 대로 적어 넣는다. 주민등록번호를 꼭 기입해야 하는 경우가 있는데, 주민등록번호 생성기를 사용하지 않는 한(그리고 이건 불법이다.) 실제 존재하는 번호를 기입해야 한다. 이럴 때는 인터넷을 절대 사용하지 않을 만한 주변인의 주민등록번호를 이용하는 방법이 있다. 가령 70세가 넘은 당신의 부모님 혹은 주변 친지분들 말이다.
- 직장 정보 란에도 꾸며낸 정보를 적고 '확인'을 클릭한다.
- 가입 동의서의 내용에 동의하고 '확인'을 클릭한다.
- 그 다음 즉시 '동의'를 누르면 여러분이 가입한 회원 가입서가 모니터에 나타난다.

가입 신청시 가장 문제가 되는 것은 비밀 번호이다. 만일의 하나 배우자가 당신의 비밀 E-메일 주소와 비밀 번호를 찾아 내 당신이 애인과 주고받은 연애 편지를 확인할 수 있기 때문이다.

배우자가 절대로 상상조차 못할 비밀 번호를 정하라!

누구나 쉽게 알 수 있는 비밀 번호는 피해야 한다. 예를 들면 생년월일, 결혼 기념일, 애들 생일, 차량 번호, 집 전화 번호 등은 가장 나쁜 암호이다.

보통 E-메일 계정 신청시 비밀 번호를 잊는 경우에 대비하여 쉽게 비밀 번호를 떠올릴 수 있게끔 관련 질문을 묻는 절차가 있다. 하지만 이 질문 때문에 배우자가 정답을 알아 내서, 마음대로 당신의 메일과 문자 메시지를 열어 볼 수가 있다. 그러므로 질문에는 배우자가 알아 낼 수 있을 만한 대답을 피하고, 생각조차 할 수 없는 아무런 의미 없는 것을 만들어야 한다. 그리고 더 중요한 것은 이 대답은 절대 어딘가에 적어 두면 안 된다.

비밀 번호뿐만이 아니라 배우자가 당신이 비밀 E-메일 주소를 쓰고 있다는 사실 자체를 알 수 없도록 원천 봉쇄해야 한다. 그렇기 때문에 메일 계정은 대표적인 검색 포털 사이트에서 제공하는 것을 사용하는 것이 좋다. 인터넷 사용에 있어서, 가장 기본적인 기능이 검색이기 때문이다. 그렇게 하면 당신이 해당 사이트에 들어갔다고 해도, 검색을 했는지, E-메일을 사용했는지 다른 사람은 알 수가 없다. 무엇보다 중요한 것은 당신의 아이디와 비밀 번호를 자동 저장시켜서는 안 된다는 사실이다. 접속 때마다 아이디와 비밀 번호를 입력하는 것이 귀찮다고 자동 저장, 자동 로그인 기능을 선택하였다간 큰 낭패를 면치 못할 것이다.

메신저를 이용한 애인과의 대화

인터넷을 이용한 주요한 커뮤니케이션 수단으로 인스턴트 메신저라는 것이 있다. 대표적인 것들로 MSN, ICQ, Daum 메신저, 버디버디, 세이클럽 타키, AOL 등이 있다. 이 메신저 프로그램을 이용하면 아주 편리하게 실시간으로 메시지를 교환하거나 파일, 사진 등을 전송할 수 있다. 여기서는 가장 많이 쓰이고 있는 MSN 메신저 서비스에 대해 소개하겠다. 우선 해야 할 것은 다음 사이트에 접속해서 프로그램을 다운받는 일이다.

http://messenger.msn.co.kr/

프로그램 설치와 사용 방법에 대해서는 해당 사이트에 아주 친절히 소개되어 있으니 참고하면 된다. 만약 당신이 사용하고 있는 컴퓨터에 이 프로그램이 이미 깔려 있고, 당신의 배우자가 이 프로그램을 사용하고 있다면, 당신만의 메신저 계정을 새로 만들면 된다(기존에 당신이 쓰고 있는 계정이 있다고 해도, 당신 애인과의 연락 전용 계정을 추가로 만들 수 있다.).

이 메신저를 잘만 활용하면, 애인과의 은밀한 대화는 물론이고, 당신이 좋아하는 사진, 음악 파일을 상대방에게 전해 줄 수도 있고, 컴퓨터용 웹캠이 있다면 화상 채팅까지 가능하다.

만약 애인과 단둘이서 사용할 목적으로 메신저 계정을 만들었다면, 조심할 것은 대화를 마친 후 반드시 로그아웃 상태로 나와야 한다는 것이다. 그리고 혹시 자동 로그인 설정이 되어 있는 것은 아닌지 확인하는 것도 필수적이다. 만약 당신만의 메신저 계정이 자동 로그인 상태로 되어 있어서 당신 배우자가 컴퓨터를 켰을 때, 메신저가 실행되고, 바로 그 계정으로 로그인이 되었다고 하자. 당신의 애인이 그것도 모르고, "자기야 집에 잘 들어갔어?"라고 메시지를 보낸다면…… 생각만 해도 끔찍한 일이다.

둘만의 온라인 커뮤니티를 만들어라

둘만의 온라인 커뮤니티 공간을 만들어서, 밀애를 나누는 것도 인터넷만이 가능하게 해주는 또 하나의 커뮤니케이션 방법이다. 커뮤니티 사이트로는 다음 카페(cafe.daum.net)나 프리챌(www.freechal.com), 싸이월드(www.cyworld.com) 등이 대표적이다. 해당 사이트에 접속하여 E-메일 계정 만들 때와 비슷하게 가능하면 가상의 이름과 주변 사람의 주민등록 번호를 이용하여 회원 가입을 한다. 가입이 끝나면 본인 스스로 커뮤니티를 만들 수 있는데, 적당한 커뮤니티 이름과 영어 주소를 넣으면, 간단한 절차에 따라 방이 만들어진다. 당신의 애인에게 그 커뮤니티방 주소를 알려 준 후, 다른 사람의 침입이 절대 불가능하도록 아무도 모르는 암호를 걸어 놓든지, 애초 다른 사람의 가입을 차단할 수 있다.

둘만의 공간이 생긴다는 것은 좋은 일이지만, 이 둘만의 커뮤니티는 만약 배우자가 알게 될 때 결정적인 증거로 남게 된다는 점에서 상대적으로 위험하긴 하다. 반드시 로그아웃을 해야 한다는 것, 자동 로그인 설정을 해제해야 한다는 것을 명심해야 한다.

집에서는 아예 컴퓨터를 사용하지 말라

가급적이면 집에서는 어떠한 경우에도 컴퓨터로 애인에게 편지를 쓰지 않는 것도 최선의 예방책이 될 수 있다. 쓰고 나서 지운 파일도 마음만 먹으면 얼마든지 복구해서 읽을 수도 있기 때문이다. 배우자가 컴맹이라는 과신도 절대 하면 안 된다. 당신이 바람을 피우느라 모르는 사이 당신의 배우자는 지역의 구청에서 무료로 하는 컴퓨터 교육을 받았을 수도 있고, 친구나 주변 사람의 도움으로 당신이 방심한 상태에서 컴퓨터에 남긴 흔적을 찾아낼 수 있다는 것을 알아야 한다. 배우자의 컴퓨터 실력을 얕보다가 걸린 사람이 수두룩하다.

E-메일을 확인하거나 E-메일을 보내는 것도 극히 주의를 요한다. 배우자가 바로 옆에 나타나서 함께 컴퓨터 화면을 볼 수 있기 때문이다. 배우자가 모르는 별도의 E-메일 주소나 비밀 번호를 사용하고 보안을 유지하기 위해서 별도의 E-메일이 있다는 사실조차 알아채게 하면 안 된다.

PC방이나 인터넷 카페를 이용하라

아파트 상가마다 어김없이 하나씩 있는 PC방, 혹은 인터넷 카페를 이용하면 좀더 안전하게 인터넷 검색과 채팅을 할 수 있다. 이곳에서는 완전히 익명으로 E-메일과 문자 메시지를 보낼 수 있고, 애인과 채팅 방에서 단둘이 채팅도 즐길 수도 있다. 실컷 대화를 나누거나 사랑의 밀어를 속삭일 수 있는 곳이 바로 PC방, 인터넷 카페이다. 요금은 보통 한 시간에 1,000원이고 장시간 인터넷을 사용하는 단골 고객들을 배려해서 정액 할인 카드를 제공하는 곳도 많이 있다.

결혼 전 양다리 걸치기

그 사람과의 만남은 아주 우연히 이루어졌다. '아주 우연히' 라니. 얼마나 통속적인 말인가. 하지만 현실은 어쩌면 삼류 멜로 드라마보다 훨씬 더 통속적인 것인지도 모르겠다. 드라마에서조차 말도 안 되는 일들이 현실에서는 종종 일어나고 있으니 말이다.

그를 알게 된 것은 결혼식이 있기 약 6개월 전, 추석 즈음이었던 것 같다. 나는 모 인터넷 사이트에서 운영하고 있는 책 관련 커뮤니티의 회원이었는데, 자주는 아니지만 종종 커뮤니티 게시판에 책 이야기나 살아가는 이야기를 올리고 있었다. 그러던 어느 날 회사에서 일을 하고 있는데, 낯선 남자로부터 메일이 왔다. 내가 쓴 글을 읽고 보낸 메일이었다. 메일에 쓰여진 내용은 진솔했고, 사람의 마음을 움직이게 하는 묘한 힘이 있었다. 나는 보잘 것없는 내 이야기에 관심을 보여 주고, 또 메일까지 보낸 그에게 적잖이 감동했고, 회신을 보냈다. 이후 계속된 메일 주고받기. 그는 나에게 자신의 홈페이지 주소를 알려 주었고, 난 두근거리는 마음으로 그의 홈페이지를 방문했다. 이미 양가 부모님의 상견례는 끝났고, 예단은 어느 정도 준비하면 되는지에 대한 얘기가 오가던 때였다.

　홈페이지에 쓰여진 글을 읽으며 난 외롭고 건조한 삶을 살아가는 그를 느낄 수 있었다. 물론 대학을 졸업하고 직업을 가지게 되어 아침에는 출근하고 오후에는 퇴근하는 대다수의 독신 남성들 중 외롭지 않고 건조하지 않은 삶을 사는 사람이 얼마나 되겠냐고 누가 입을 삐죽대면 할 말은 없지만, 어쨌든 그는 그러한 일상을 글로 정리하며 건조한 삶을 견뎌내고 있었다. 그는 자신을 게으르다고 얘기했지만 실제로 그런 것은 아니었으며, 의식적으로 자신의 삶을 관찰하고 숙고하려 노력하는 신실한 사람이었다. 진중하지 못하고 늘 덤벙대는 내 성격이 내심 못마땅했던 나는 그의 그러한 품성이 매우 매력적으로 다가왔고, 그에 대한 관심과 호감은 다소 급박하게, 조절하지 못할 만큼 커 갔다. 그에게서 오는 메일을 눈이 빠지게 기다렸고, 홈페이지의 글들을 샅샅이 읽었다. 그렇게 몇 주가 흘렀을까. 난 더 이상 참을 수가 없었다. 그를 만나지 않으면 더 이상 아무것도 할 수 없을 것 같다는 조바심에 난 뭐든지 해야만 했다. 난 그에게 메일을 보내 만나자고 했다. 이미 그는 내게 결혼할 상대가 있고 또 곧 결혼할 거라는 것을 알고 있었지만 나의 요구를 거절하지는 못했다. 그는 내가 다니는 회사 근처로 왔고, 저녁을 먹고, 맥주를 마셨다. 그 역시 나에게 호감이 있었던 차에 실제로 나를 보고 마음에 들어 하는 눈치였다. 금요일 밤이었다. 나는 인터넷이 아닌 살아 움직이는 실제의 그와 마주하면서 나의 몸이 그를 원하고 있다는 것을 느꼈다. 깜짝 놀랐다. 어떻게 그럴 수 있단 말인가! 한 여자가 다른 남자를 이토록 간절히 원할 수도 있다는 사실 자체가 경외감으로 다가왔다. 난 이 놀라운 감정을 그냥 내버려 두고 싶지 않았다. 결혼식이 5개월 뒤에 잡힌 상태였다. 하지만 결혼을 결코 포기하고 싶지도 않았다.(결혼을 포기함으로써 발생되는 기회 비용의 손실이 얼마나 상당한가!) 요컨대 난 그와의 짧은 연애를 원했으며, 바람을 피우기로 결심한 것이다. 그는 나의 이러한 요구를 거절할 만큼 고지식한 사람이 아니었다.

그때부터 내가 최대한 신경 쓴 것이 나의 이러한 외도를 결혼 상대자에게 들키지 않도록 하는 거였다. 중요한 것은 결혼 상대자와의 일상적인 일들을 흔들리지 않도록 하여, 뭔가 이상하다는 느낌을 주지 않는 것이다. 다행히 나에게는 결혼 상대자가 접근하기 어려운 회사라는 공간이 있었다. 나는 주로 회사 메일을 통해 그와 이야기를 나누었다. 오늘 저녁 식사를 함께 할 수 있는지, 이번 주말에 만날 수 있는지 등 대부분의 애기들이 서로의 회사 메일을 통해 이루어졌다. 당시 결혼 상대자는 주말에 겨우 시간을 내어 만날 수 있을 정도로 한창 바빴다. 평일에는 잠자기 전에 전화를 걸어 안부를 묻는 것이 보통의 하루 일과였는데 결혼 상대자와 통화를 하기 전에 절대로 그와 먼저 통화하지 않았다. 그와 애기 나누며 사뭇 다르게 고조된 목소리가 평소 같지 않다는 생각을 불러일으킬 수 있기 때문이다. 항상 결혼 상대자에게 잘 자라고 애기하고 전화를 끊은 후에야 그와 전화했다. 그와의 통화는 보통 핸드폰으로 이루어졌는데(결혼 상대자와는 주로 집 전화를 이용했기 때문에) 통화를 하고 난 후 통화 내역을 지우는 것은 당연한 수순이었다. 낮에는 주로 문자 메시지를 주고받았고, 확인하자마자 삭제했다. 그가 보내온 메시지를 오랫동안 보관하고 싶었지만 어쩔 수 없는 일이었다.

운 좋게 주말에 시간이 나면 늘 그의 집에서 만났다(그는 혼자 살았다.). 저녁을 먹으러 근사한 식당에 가거나 영화를 보러 코엑스나 CGV 같은 사람 많은 장소에는 가지 않았다. 그의 침대에서 함께 뒹굴면서 음악을 듣거나 비디오로 영화를 보든가 했다. 결혼 상대자에게는 친하게 지내는 친구네 집에 놀러 갔다고 말해 두었고, 또 그 친구에게는 미리 전화를 걸어 뒷수습을 처리해 두었다. 식사 시간 등이 되면 결혼 상대자에게 밥 먹었냐며 먼저 안부 전화를 걸었다. 준비되지 않은 상황에서 허둥지둥 상대방을 전화를 받는 것은 자칫 상대방에게 의심의 거리를 제공해 줄 수 있기 때문이다. 그에 대한 나의 마음을 표현하고 싶어도 친구나 회사 동료에게 한마디도 말하지 않았다. 말이 언제, 어떻게 결혼 상대자에게 흘러갈지 걱정이 되어서였다. 하지만 나는 뜻하지 않게 찾아온 사랑을 어떤 식으로든 표현하고 싶었고, 내가 선택한 것은 글이었다. 인터넷 포탈 사이트에 전혀 새로운 아이디로 회원 가입을 하여 무료 홈페이지 서비스를 받아 그 사람과의 소소한 일들을 쓰기 시작한 것이다. '네가 이런 말을 하니까 조금 서운하더라.' '네가 오늘 입은 그 옷, 참 잘 어울리더라.' 하는 얘기들을 말로 하는 대신, 아무도 모르는 공간에 글로 뱉어 놓으니까 묵은 감정의 때들이 조금씩 없어지는 느낌이었다. 그렇게 벅찬 마음을 조금씩 다잡아나갔다.

시간은 흘러 결혼식은 가까워졌다. 사랑의 감정이라는 것이, 생기고 점점 자라 소멸하기까지 5개월이라는 시간은 길지 않았다. 하지만 어쩔 수 없었다. 그에 대한 사랑은 여전히 마음에 남아 있지만, 어느 하나를 선택할 수밖에 없는 상황에 드디어 직면한 것이다. 나는 결혼 후엔 결혼 생활에 전념하고 싶었다. 나는 그에게 더 이상 연락하지 말자는 내용의 메일을 보냈다. 어차피 처음부터 예고된 이별이었기 때문에 그는 담담히 받아들였다. 어쨌든 나는 그 사람과의 짧은 사랑을 지켜냈고, 또한 결혼도 성공적으로 할 수 있었다.

이제 결혼한 지 만 2년. 결혼 생활은 순조롭다. 하지만 지하철을 혼자 타고 있을 때나 늦은 밤까지 남편을 기다리고 있을 때 난 문득 그 사람을 떠올리며 핸드폰을 만지작거린다. 핸드폰의 번호 버튼을 하나하나 눌러 그 사람의 번호를 액정에 띄어 놓고 마음속에서 이는 감정을 조용히 느껴 본다. 그 사람에게 다시 전화하고 싶은 마음을.

_ 29세, 여, 회사원 (서울 성북구 거주)

밀회 장소 아무도 모르게 애인과 만날 밀회 장소

'하늘이 보고 땅이 본다' '낮말은 새가 듣고 밤말은 쥐가 듣는다' 는 속담들이 있다. 〈나는 네가 지난 여름에 한 일을 알고 있다〉 라는 영화도 들 수 있겠다. 목격자는 꼭 있기 마련이다.

애인과의 밀회를 편안하고 여유 있는 마음으로 하기란 여간한 사람이 아니고는 쉽지가 않다. 자랑스럽게 "보라고, 난 이 정도야" 식으로 할 수 있는 성격의 것도 아니다. 그렇다고 진한 선글래스에 모자를 눌러쓰고 옷깃을 세운 채 부산한 움직임을 보이게 되면, 그 모습이 더욱 특이해 오히려 남의 눈에 강하게 임프린팅(刻印)될 뿐이다.

그래서 밀회 장소의 선택이 아주 중요하다고 할 수 있다. 주위 사람들이 얼마나 호기심이 많은지 심각하게 생각하지 않기 때문에 결정적인 '오해' 가 생겨나기도 한다. 당신이 애인과 만나는 것을 목격한 사람은, 그것이 단 한 사람이라도 언젠가는 당신의 입장을 난처하게 만들고 그것은 당신을 파멸로 가는 길이 되기도 한다.

일반인들의 기억력을 과소 평가해서는 안 된다. 개구리 소년들의 시신이 십수 년 만에 발굴되었는데, 마지막으로 본 사람은 그 당시의 모습을 너무나 훤히 기억하고 있었다. 예전에 있었던 '사건 25시'라는 TV 범죄자 추적 프로그램을 기억할 것이다. 3년, 5년 또는 10년 동안이나 미궁에 빠진 범죄의 용의자를 찾는 일도 시민 한 사람이 낡은 사진이나 몽타주를 보고 단번에 수배범 얼굴을 기억해서 사건이 해결되기도 했잖은가.

이 위험천만한 일에 적합한 격언이 있다. '같은 사람을 인생에서 최소한 두세 번은 마주친다'. 우리 자신도 예외는 아니라 종종 그런 경우를 겪는다. 다음과 같은 상황을 한번 상상해 보자.

평소에 애인과 가끔 들르는, 외곽에 자리한 아담하고 낭만적인 유원지가 있는데 배우자가 하필이면 주말에 부부 동반으로 그곳에 가자고 한다. 응하기도 뭐하고 거절하기도 찜찜하다. 어쩔 수 없이 그곳에 차를 몰고 가서, 근사한 저녁 식사에다 분위기 좋은 까페에서 차를 마시고 난 후, 생뚱맞게도 당신의 배우자가 "오랜만에 이 근처 어느 호텔에서 새로운 느낌으로 회포를 풀어 보지."라고 한 수도 있다. 그 유원지에서의 행선지가(사람의 눈은 거기서 거기인지라), 당신의 애인과 함께 들렀던 그 까페, 그 밥집, 그 호텔일 수도 있다. 설마 그렇게까지 될 수 있으랴 생각할 수 있지만, 세상일은 모르는 법이다. 당신이 들른 그곳 어딘가에서 누군가 당신을 눈여겨 보았을 수도 있는 것이다. 어지간해서는 유원지 주변 업소에서 일하는 종업원들의 경험상 당신에게 엉뚱한 소리를 할 리가 없을 것이지만, 혹시라도 보통 이상의 친근한 인사말이나 시선으로 당신을 대할 수도 있을 것이다. 또는 당신의 애인이 당신 몰래 또 다른 연애 상대와 그곳으로 데이트를 나왔다가 당신과 마주칠 수도 있는 법이다.

진정한 바람둥이라면 이런 일이 있어서는 안 된다. 그에게는 확실한 철칙이 있어야 한다. '이름도 증인도 절대 남기지 않는다!' 는.

애인 집에서 만나기
_ 애인이 싱글인 경우에만 가능

이 책을 구입했기 때문에 당신은 결혼을 했거나 미래를 약속한 사람이 있다고 전제하겠다. 그와 동시에 당신의 집에서 애인과 밀회를 나누는 것은 절대 제1의 금기 사항이라는 것을 먼저 말한다.

당신의 집에서는 절대로 애인과 밀회를 나누면 안 된다!

당신의 집에서 낮에 밀회를 갖는 것은 자살을 감행하는 것과 같다. 당신이 주차를 하고 집에 들어가고 나오는 것이 목격되어, 이웃집 사람이 나중에 때를 기다렸다가 배우자에게 이렇게 물어볼 수도 있다. "남편(부인)이 어디 편찮으신가 보죠? 낮에 집에 오는 것을 봤어요."

애인이 차에서 내리고 타는 것이 세탁소 아저씨나 슈퍼마켓 주인에게 목격되어, 배우자에게 이런 질문을 할 수도 있다. 물론 그들은 아무런 사심없이 무심코 던지는 질문이다. "낮에 집에 있는 분이 누구세요? 방을 세놓았어요?"

승용차를 한두 골목 떨어진 곳에 주차한다 해도, 어차피 당신의 집이든 애인의 집이든 집 안으로 들어가야 하는 것은 마찬가지기 때문에 별 도움이 되지 않는다. 이웃 사람들이 어떤 생활 리듬을 가졌는지 미리 알아 두는 것도 도움이 안 된다. 비록 이웃 사람들이 낮에는 일하러 나가고 없다 하더라도 한번쯤은 아파서, 혹은 휴가를 얻어서 집에 있거나, 그것도 아니면 개인적으로 중요한 서류를 챙겨 들고 나올 일을 해결하려고 집에 잠시 들를 수도 있지 않겠는가. 친정(혹은 출장, 직장)에 갔던 배우자가 하필이면 그때 갑자기 집에 돌아올 수도 있다. 몸이 불편해서 일찍 퇴근을 하거나 아이가 다니는 학교에 급한 볼일이 생기는 우연은 상존한다. 아무리 오랜 결혼 기간 동안 그런 일은 단 한번도 없었다고 해도 그날 그 일이 한번쯤 처음으로 생길 수 있다는 말이다.

밤에(배우자가 출장을 갔거나 하는 경우에) 만나는 것은, 괜찮지 않을까 생각하기 쉬운데 마찬가지다. 이웃 사람들이 모두 집에 있기 때문에 들킬 위험이 더 클 수도 있다. 그리고 출장이 갑작스럽게 단축되는 경우는 종종 있는 일 아니던가. 당신이 애인이랑 부부 침대에 누워 사랑을 나누고 있는데, 배우자가 밤차로 혹은 이른 새벽에 승용차로 집에 도착했다고 상상해 보라!

미국인들은 총기를 소지하는 것이 어렵지 않은데, 아내(남편)의 불륜 현장에서는 사살을 해도 관대한 처분을 받는다. 심지어 결혼하는 아들에게 "네 아내가 다른 남자와 네 침대에 누워 있는 모습을 보거든 누굴 쏴도 좋다!"며 권총을 선물하는 부모도 있을 정도다.

기혼인 애인의 집에서도 절대로 만나지 마라!

앞에서 언급한 경우의 일들은 애인의 집에서 똑같이 일어날 개연성이 있다. 때문에 당신 집에서의 불륜이 발각될 위험성이 크다면, 기혼인 상태의 애인의 집에서 만나는 것도 마찬가지로 엄청나게 위험한 짓이다. 물론 이것은 우선 애인의 부부 문제가 되지만, 그것으로 그치지 않고 애인이 배우자의 압력에 못 이겨 자포자기한 심정으로 당신의 신분을 밝히게 된다.

애인이 꼭 그렇게 하지는 않더라도, 더 이상 이성적으로 생각할 수 없는, 감정적으로 극한 상황에서 앞으로 어떻게 해야 할지 의논하려고 당신에게 전화를 하거나 직접적인 연락을 취하려는 등 분별 없는 행동을 할 수도 있다.

애인의 배우자는 당장에 모든 잘못을 당신에게 뒤집어씌우려 들것이다. 애인은 여러 가지로 불리하게 되면 변심을 해서 당신에게 당했다고 말할 수도 있고, 애인을 사랑하는 애인의 배우자는 그 말을 믿게 된다. 결국 당신을 가만두지 않겠다고 먼저 전화를 하고, 자신의 배우자를 유혹한 나쁜 인간이라고 퍼붓기 위해서 만나자고 한다. 당신 애인의 배우자가 깡패거나 그에 준하는 인격을 가진 사람일 경우 당신은 우선 금전의 갈취를 당하거나 바로 간통죄로 고소되고 만다. 아니면 무차별적이고 엄청난 폭행을 당하든가.

애인의 배우자는 틀림없이 자신의 부부 생활이 망가졌으니까 당신의 부부 생활도 망쳐 놓아야 한다는 복수심이 생길 것이다. 실제로 아내의 부정을 안 남편이 아내와 바람을 피운 사람의 아내와 관계를 갖겠다는 희한한 제의를 해오는 사건도 있었다. 당신은 그의 아내와 즐겼지만 당신은 당신의 아내를 그에게 결코 주지 않으려 할 것이다. 인간은 알 수 없는 이기심이 있는 동물이어서 그렇다. 어쨌건 애인의 배우자는 당신의 배우자에게 당신이 바람을 피웠다는 것을 알리려고 온갖 방법을 다 동원할 것이라는 것쯤은 미리 각오해야 한다.

그때 당신의 애인이 당신 편에 설 것이라고 생각하는가? 앞서 이미 말했잖은가! 위협을 느낀 애인은 모든 잘못을 당신에게 덮어 씌우려 할 것이다. 일단 은밀했던 애정행각이 들키게 되면 당신의 애인은 아무런 도움도 되지 않는다는 것을 잊지 말아야 한다. 자녀, 재산, 오랜 부부 생활 등의 문제에 직면하면 대부분의 경우 애인을 포기하기 마련이다.

다만, 애인이 싱글이라면 훨씬 유리하다. 애인은 배우자가 없기에 당신의 부부 생활까지도 망쳐 놓을 위험은 따르지 않는다. 하지만 피할 수 없는 위험은 당연히 남아 있다. 당신이 정기적으로 애인을 찾아가면, 아무래도 호기심 많고 바보가 아닌 이웃 사람들은 정상적이 아닌 당신의 모습을 지켜보고 뭔가 추론을 해대는 속성이 있다.

어쨌든 당신은 누군가의 눈에 띌 것이라는 계산을 미리 해두어야 하고, 애인이 사는 동네에 당신도 잘 아는 사람이 살고 있지는 않은지 살펴야 한다. 평소에는 절대 만날 기회가 없던 사람을 하필이면 그곳에서 마주치는 우연은 얼마든지 일어나는 일이니까.

소도시에 사는 싱글인 애인 만나기

싱글인 애인을 처음으로 찾아가기 전에 다음 사항들을 꼭 체크하라. 애인이 개인적으로나 업무적으로 친분이 있는 사람들이 누군지 평소에 잘 들어 둔다.

만일 애인이 사는 소도시에 당신이 개인적으로 또는 업무적으로 알고 지내는 사람이 단 한 명이라도 살고 있을 경우에는 애인의 집에서 만나지 마라. 왜냐하면 그런 곳에서는 낯선 사람이 금방 눈에 띄고, 금방 소문이 나서 들킬 위험이 있기 때문이다.

소도시는 사람들이 서로 터놓고 지내는 사이는 아니어도 서로가 이 지역 사람인지 아닌지는 안다. 그 지역의 승용차 번호판을 달고 있어도 자주 드나들면 눈에 띈다. 사고나 연차으로 대중 교통 수단을 이용할 수 없는 예외적인 일이 일어나도 승용차로 달려가는 것은 피해야 한다. 그건 나를 봐 달라는 광고에 지나지 않는다.

우리 경험에 의하면 대도시에서는 들킬 위험이 훨씬 적다. 타인에게는 별로 관심을 갖지 않는 개인주의적 성향이 더 강하기 때문에 그렇다.

대한민국은 모든 지역이 똑같은 법에 다스려지고 있는데, 이상하게도 지방은 간통을 큰 죄로 여기는 경향이 있고, 도시에서는 있을 수 있는 인간사 아니냐는 이중적 기준을 정해 두고 있다. 그러니 간통을 해도 도시에서 해야 탈이 적다는 밀이 된다. 그리고 시골이나 지방은 아무래도 나이든 사람들이 많아 윤리 관념도 훨씬 강하다. 도시는 그 반대로 성에 대한 윤리가 훨씬 개방적인 것은 우리가 다 아는 바다.

그럼에도 대도시에 사는 싱글인 애인을 만나러 갈 때에도 역시 주의해야 한다.

대도시에 사는 싱글인 애인 만나기

승용차는 애인의 집에서 최소한 두 골목 떨어진 곳에 주차하고 걸어가는 게 좋다.

대도시에도 역시 바람피우는 것을 용납하지 못하는 노인들이 있으니까. 승용차에서 내리기 전에는 가급적 미리 결혼 반지를 빼는 것이 좋다. 애인(여)의 이웃집 사람과 마주치게 되면 일부러 오빠나 삼촌이라도 되는 양 그녀의 이름을 크게 불러서 둘 사이를 친족으로 만들어 버리면 이웃 사람은 더 이상 당신들에 대해서 신경을 쓰지 않는다.

결국 외도는 도심지의 호텔이나 도심 외곽의 모텔을 이용하는 것이 가장 무난하다. 거기서는 각양각색의 많은 사람들이 드나들기에 당신들의 모습이 눈에 띄지도 않고 아무렇지도 않은 그저 평범한 모습일 뿐이니까.

가장 안전한 밀회 장소, 러브 호텔

앞의 글을 읽고 당신의 집이나 애인의 집에서 만나는 것이 너무 위험하다는 생각이 들었을 것이다.

그렇다. 우리 둘만의 은밀한 행위를 남의 눈에 들킨다거나 감시당하는 건 아닐까 불안감이 든다면, 그로 인한 긴장감으로 섹스에 대한 불감증으로까지 이어질 수 있다.

한국 에로 영화의 선두격인 〈뽕〉 시리즈를 보면 심지이 밥상 위에서도 섹스를 한다. 영화나 책을 보면 도처가 섹스지로 묘사되어 있다. 공원의 벤치, 웅덩이, 승용차 안, 주차장, 기내 화장실 등에서 섹스를 즐기는 내용들이 나와 있어서, 인류의 성생활에는 침대가 부수적인 역할을 할 뿐이라고 믿을 수도 있다.

그러나 역시 침대 이상의 섹스 장소는 아직 없다. 물 속이나 공중에서도 시도해 보곤 했지만 여러 문제가 나타나곤 했다. 모험가들이 비행 중인 헬기나 경비행기 안에서 섹스를 시도해봤지만 특별한 경험을 했다는 것말고는 너무나 불편한 자세 때문에 심한 부상을 입었다는 사례도 있다. 독일이나 일본에서 시속 200km의 속도로 커브를 도는 고속 열차 내의 화장실에서 섹스를 해본 사람이 있다는 얘기가 있지만 그들의 몸에는 시퍼런 멍들이 훈장처럼 새겨졌다고 한다.

그러니 만일 당신이 특이한 스릴을 맛보고 싶은 게 아니라

우리처럼 질적으로 우수한 '고급 섹스'를 즐기려고 한다면, 만족을 채우기에는 고급 호텔의 침대가 최상의 선택이라고 할 수 있다. 물론 비용이 만만치 않다는 중요한 결점이 있고, 사용법을 잘 몰라 당황하게 되는 촌스러움을 극복해야 한다.

_ 안락한 분위기에 저렴한 러브 호텔 밀집 지역

다행스러운 일이라고 해야 할까? 우리나라에는 연인들이 그리 부담되지 않은 비용으로 자연스럽게 드나들 수 있는 러브 호텔들이 많이 있다. 1990년대 들어 경치 좋고 도심에서 가까운 지역에 엄청나게 들어서고 있는 게 바로 이 러브 호텔인데, 전국적으로 3만여 개가 성업 중이란다. 시설은 연인과 오붓한 시간을 보내기에 모자람이 없다. 잘만 고르면 물침대나 러브 체어는 물론이고, 요새는 초고속 인터넷 통신망이나 DVD 시설까지 갖춘 곳도 적지 않다. 최소한 오디오 시설에 VTR 한 대씩은 다들 갖추고 있다. 이쯤 되면 굳이 비싼 커피값을 내고 카페에서 분위기를 잡을 필요도 없다. 인스턴트 커피 믹스나 녹차 티백에 정수기는 기본이다. 서울 강남에 있는 몇몇 곳은 공기 방울 욕조에 스팀 사우나 시설까지 딸린 욕실이 마련되어 있어 웬만한 호텔보다 더 아늑하고 색다른 밀회를 즐길 수 있다.

선수들은 이미 다 꿰차고 있는 정보일 테지만, 가볼 만한 서울 도심과 외곽의 러브 호텔 밀집 지역은 대략 다음과 같다.

• 서울 도심

　_ 신촌 : 서강대 건너편 / 신영극장, 녹색극장 뒤편

　_ 역삼동 : 강남역에서 역삼역까지 길게 펼쳐 있다.

　_ 방이동 : 올림픽 공원 입구 / 석촌호수 주변

　_ 사당동 : 사당사거리에서 남태령쪽으로 오른편

　_ 압구정 : 로데오 거리 뒤편

　_ 신림동 : 서울대 입구에서 신림사거리 쪽으로 왼편

　_ 구로동 : 구로거리공원 근방

　_ 화곡동 : 강서구청 뒤편

• 서울 외곽 경기도 지역

　_ 일산 화정, 백마역 부근

　_ 분당 백궁 지구

　_ 경기도 송추, 장흥 유원지

　_ 경기도 양평, 양수리

　_ 경기도 미사리, 팔당

　_ 경부고속도로 신갈 인터체인지 부근

　_ 경기 시흥 월곶 신도시 등등

지역에 따라, 그리고 시설에 따라 약간의 차이는 있지만 러브 호텔 객실료는 비교적 저렴한 편이다. 대개, 낮이나 초저녁 시간 3~4시간을 함께 보내는 데 대여료는 보통 2~3만 원선이고, 하루밤을 묵는 데도 4~5만 원, 비싸봤자 6만 원 정도다. 주말에는 이용객이 많은 관계로 1~2만 원 더 얹어 주어야 한다.

러브 호텔의 장점으로 또 하나 들 수 있는 것은 차를 이용하는 경우, 다른 사람의 시선으로부터 자유로울 수 있다는 점이다. 차에 탄 채 호텔 주차장에 들어서게 되면 적당한 높이까지 내리쳐진 천막 때문에 차량 번호가 가려진다. 그리고 외부 사람들의 시선이 차단된 출입구를 통해 프런트에 들어 설 수 있다. 밀회를 끝내고 호텔 밖으로 나올 때도 마찬가지다.

어느 지역의 호텔에 갈 것이며, 주차는 어디에 하는 것이 좋을까

이스라엘서 실제 일어났던 다음의 황당한 사건은 같은 하늘 아래 살고 있는 이상 별의별 일이 다 일어날 수 있다는 걸 말해 준다.

의사인 남편이 애인과 약속을 잡고 호텔방에서 기다리고 있었는데, 방문을 노크하고 들어온 사람이 바로 자기의 부인이더란다. 처음에는 당연히 남편이 놀랐다. 자기 외도를 알아챈 아내의 기습 인 줄 알았기에. 그런데 부인이 더 놀라더란다. 때마침 부인도 자기 애인과 그 호텔서 만나기로 했는데, 아내가 방을 잘못 찾은 것. 기가 막힌 일 아닌가.

돌다리도 두들기며 건너는 자세가 실수나 실패를 줄인다.

위 얘기는 어떤 일이건 절대로 안심해서는 안 된다는 것을 말해 주기도 한다. 다음의 노하우는 애인과 함께 찾아갈 호텔을 선택할 때 미리 주의해야 할 사항들이다.

다음 사항을 참고해서 호텔을 선택하는 것이 좋다.

아는 사람이나 동료들이 지나다가 우연히 볼지도 모르는 중심가에 있는 호텔에는 가급적 가지 마라. 당신이 사는 도경계를 넘거나 먼 외곽 지역에 있는 러브 호텔이 가장 안전하다.

그리고 외곽 지역의 러브 호텔을 찾는다고 할지라도 당신의 집이나 회사에서 가장 멀리 떨어진 곳에 가는 것이 좋다. 가령 당신이 서울 강남에 산다면, 장흥이나 송추 쪽으로 차를 몰고, 서대문 어딘가에 살고 있다면, 양수리나 팔당 쪽 호텔을 찾아가라는 얘기다. 혹시라도 회사 동료나 친구들이 추천하는 지역의 러브 호텔을 찾는 것도 그다지 추천하고 싶지 않다. 서로의 비밀을 지켜 주겠다는 암묵적 동의가 있을지라도 상황에 따라서 그들 역시 당신에게 등을 돌릴 수 있는 것이다.

대부분의 러브 호텔에는 앞에서 말했던 번호판을 가려 주는 천

막이나 번호판 가리개가 있기 마련이지만, 당신 차의 색깔이 세상에 둘도 없는 특이한 것이거나 우리 나라에 흔하지 않는 외제차일 경우, 혹은 같은 차종 오너끼리 만든 동호회의 스티커가 붙어 있는 경우 등 아무래도 마음에 찝찝한 것이 남는다면 호텔 주차장에 주차하지 마라. 한때 서울서 가까운 신도시 일산에서는 동네 주민들이 러브 호텔에 들어오는 차량을 카메라로 찍어 차량 번호를 인터넷에 공개한다는 엄포를 놓기도 했었다. 그리고 러브 호텔이 아닌 일반 관광 호텔이나 중급 호텔인 경우에는 번호 가리개 같은 것이 애초에 없다.

어쨌건 호텔 주차장은 아는 사람이 지나다가 볼 수도 있다. 그 대신 근처 아파트 단지에 주차를 하든지, 차라리 카페나 음식점 앞에 주차하고 호텔로 걸어 들어 갈 수도 있다.

그리고 '단골 손님'이라는 낙인이 찍히지 않으려면 한 곳에 세 번 이상 방문하지 않는 것이 좋다. 무심코 인사를 하거나 받는 수가 생기니까. 새로운 애인과 함께 가는 경우일지라도 마찬가지다. 시설과 분위기가 너무나 맘에 드는 러브 호텔이라면 어느 정도 시간이 흐른 다음에 다시 찾아가는 것도 방법이다.

체크인, 체크아웃

_ 흔적 없이 호텔 이용하기

몇 가지 규칙들을 준수하면 흔적을 남기지 않고 호텔을 이용할 수 있다. 다음은 체크인할 때, 투숙 중에, 체크아웃할 때 올바르게 대처할 수 있는 노하우들이다.

이렇게 하면 흔적을 남기지 않고 호텔을 이용할 수 있다

어떻게 호텔 안으로 들어가는지, 그곳에서는 어떻게 행동해야 하는지, 어떻게 호텔을 나서는지에 대한 방법이다.

- **체크인** _ 애인과 따로따로 한 사람씩 시차를 두고 호텔로 들어간다. 애인이 밖이나 호텔 로비에서 기다리는 동안 혼자서 프런트로 간다. 무궁화가 붙은 관광 호텔이 아니면 숙박자 리스트를 쓰게 하지는 않지만 혹시 모르니 엉터리 주소 하나쯤은 외우고 다녀야 한다.

  프런트 직원에게 신경이 예민해져 있는 인상을 주지 않도록 주의하라. 현금이 없을 때는 애인에게 양해를 구해서 숙박료는 꼭 현금으로 지불한다. 뒤에 얘기하겠지만 신용카드는 흔적을 남긴다. 한밤중에 체크아웃을 해야 하기 때문에 미리 한다고 말하면 된다. 방으로 가서 애인이 찾아올 수 있도록, 휴대폰으로 방 번호를 알려 주면 된다.

- **호텔방** _ 미니바에서 음료수를 꺼내 마시지 말고(숙박비를 미리 지불했으니까) 미리 사서 들고 가면 비용이 상당히 준다. 미니바 옆에 현금을 놓아 두어도 청소부가 팁인 줄 알고 챙기는 일이 있으니 돈이나 지갑을 꺼내 놓지 않도록 각별히 주의해야 한다. 신분이 노출될 수 있는 종이(명함, 회사 사무용지 등)에 메모를 했다가 아무 생각 없이 휴지통에 던져 버리는 실수도 하지 말아야 한다.

  러브 호텔에서야 공짜지만 고급 호텔은 비디오를 보면 요금이 프런트에 자동으로 계산되니까 보지 않아야 한다.

  방을 나서기 전에 개인 소지품을 다 챙겼는지 몇 번이고 살펴보라. 지갑을 두고 나오는 바람에 친절한 호텔 직원이 집으로 전화를 해서 아무 영문도 모르는 부인에게 호텔방에서 지갑을 주웠다고 알려 주는 경우가 종종 있다. 상상만 해도 끔찍한 일 아닌가!

숙박료를 미리 지불했기 때문에 체크아웃을 따로 하지 않아도 되지만, 따로따로 한 사람씩 호텔을 빠져 나가야 한다는 사실을 잊어서는 안 된다.

오전 9시에서 12시까지 호텔방 공짜로 쓰기

그리고 이쯤해서 멋진 노하우 하나를 공개하겠다. 호텔, 그 중에서 특급 호텔서 섹스를 못해 본 사람은 돈 대신 뻔뻔함만 투자하라. 아주 멋진 일급 호텔방에서 당신과 애인과 즐길 방법이 있다. 호텔이 원래 서양 풍속의 산물이고 그 운영 시스템도 서양식 아닌가. 그래서 이 방법은 서양인들이 간혹 사용하는 것인데, 우리나라서도 똑같이 통한다. 한때 자동차 관리 회사를 운영하다 사회적 문제를 일으켜 지금은 수감 중에 있는 차모 씨가 그의 애인과 실제로 경험했다고 해서 화제가 된 적이 있다. 자, 그 최고의 노하우다.

서울의 롯데호텔이나 하이야트, 쉐라톤 워커힐, 노보텔, 조선, 신라 등 초일류 대형 국제 호텔 체인에서도 아무 탈없이 적용할 수 있다.

이런 대형 비즈니스 호텔의 특징은 상당수의 투숙객들이 오전 7시에서 9시 사이에 체크아웃을 한다. 이 체크아웃된 방을 공식적인 체크아웃 시간인 12시까지 이용할 수 있는 방법이다.

우선 호텔 수준에 맞게 옷을 차려 입어야 한다. 그리고 세련된 시선을 유지해야지 어리버리한 태도나 몸짓은 금물이다. 최신 유행의 고급 면직물 쓰리버튼 재킷 양복이나 여성의 경우 은은한 투피스 차림이 가장 무난하다. 비즈니스용 007가방을 들고 있는 것도 폼내는 데는 제격이다. 영자 신문이나 경제 신문을 옆에 끼거나 한 손에 들고 프런트에 서서 투숙객들이 "몇 호실 계산해 주십시오." 하며 체크아웃하는 것을 잘 듣는다. 애인은 호텔 로비에 앉아서 기다리게 한다.

프런트에서 들었던 해당 호실에 들어가는데, 우선 혼자서 엘리베이터를 타고 해당 층으로 간다. 상당수의 투숙객들은 체크아웃을 할 때에는 문을 열어 두니까 그 방문이 열려 있는지 살펴본다. 만약 문이 잠겨 있으면 청소부를 찾으라. 청소하는 아주머니가 현재 어디에 있는지는 청소하는 방 바로 앞에 청소함이 놓여 있으므로 금방 알아볼 수 있다.

그 방으로 가서 긴장하지 말고, 태연스럽게 이렇게 말한다. "실례합니다만, 방금 OOO호실을 체크아웃했어요, 그러나 나는 방에 뭘 두고 나왔어요. 미안하지만 방문 좀 잠깐 열어 주시죠." 당신을 오랜만에 귀국한 재미 교포쯤으로 알 것이다. 혹시 일본말을 안다면 약간 섞어서 해도 잘 통한다. 청소하는 아줌마들은 아무런 대답도 없이 방문을 열어 준다.

청소부도 방청소 목록을 보면 그 방이 실제로 오늘 청소를 해야 하는 방이라는 것을 안다. 청소부가 프런트에 전화를 하거나 엘리베이터로 내려가서 물어 보는 일은 단연코 없다. 확률 제로라고 봐도 된다. 청소할 시간도 모자라고 말도 짧아서 귀찮기 때문이다. 청소부 아줌마에게 만 원 정도의 팁을 주고 고맙다고 한 다음 휴대폰으로 애인에게 전화해서 뒤따라오라고 하면 된다. 의심을 살 수도 있으니까 절대로 둘이서 함께 청소부에게 물어 보지는 마라! 불필요한 오해를 불러일으킬 수 있다.

청소부가 들어오지 못하게 문을 잠근 다음 "노크하지 마라!(방해하지 마라!)" 표지를 문밖에 걸어 두면 끝이다. 체크아웃 시간이 오전 12시까지므로 '당신들의 방'에서 2시간이나 3시간 정도 환상의 시간을 보내길 바란다. 어떤 사람이 이 방에 머물렀었는지 모르니까 가급적 미리 준비해 간 수건을 침대에 깐다. 잠이 들어서 12시를 넘기는 일만 없으면 된다.

따지자면 이 수법은 너무나 치사한 사기 행위다. 그만큼 당신이 그 방의 정식 투숙객인 것처럼 침착하고 자신 있게 청소부에게 물어 볼 용기가 있을 경우에만 시도해 보라. 최소한 3시간 동안 최고급 호텔을 공짜로 이용할 수도 있고 몰래 먹는 사과가 맛있다고 짜릿한 기분을 느낄 수 있을 것이다.

값이 아무리 싸도 애인과 민박집에는 들어가지 마라

애인과의 밀회 장소로 소규모의 민박집은 가급적 이용하지 말라고 말하고 싶다. 소규모의 개인 숙박 업소는 다음과 같은 애로 사항이 있다.

- 침대가 없다 _ 대개 외도로 이뤄지는 섹스는 격렬한 법인데, 온돌방에서 심한 운동을 하고 나면 할 때는 몰라도 타박상 이상의 부상이 온다. 무르팍 다 까진다는 얘기다.

- 침구가 깨끗하지 않다 _ 이불과 베개 등 침구 용품의 청결 상태가 미덥지 못하다. 민박의 경우 성수기가 아닌 다음에야 가끔 찾아오는 손님들을 위해 매일매일 침구를 세탁할 수가 없다. 기껏해야 볕 좋은 날 바깥에 널어 말리는 것이 주인의 입장에서 최선을 다하는 것일 텐데, 당신의 애인과 모처럼만에 여행을 떠나온 마당에 다른 사람의 체모가 눌러 붙어 있고 땀내가 물씬 나는 이불속에 함께 들어가고 싶지는 않을 것이다.

- 안전의 위험 _ 대부분의 민박집 방은 잠금 장치가 없거나 부실하다. 혹시 모를 불청객의 침입에 꼼짝없이 당할 수밖에 없다. 동네 건달패가 불륜의 낌새가 물신 풍기는 당신네들의 행색을 주의깊게 살펴 보았다가 카메라라도 들고 들이치면 어쩔 참인가?! 소심하고 볼 일인 것이다.

- 욕실, 화장실 문제 _ 제대로 된 욕실 시설을 갖춘 곳을 찾기가 쉽지 않다. 몸과 머리에 잔뜩 비누를 묻혀 놨는데, 잘 나오던 온수가 갑자기 찬물로 바뀐다고 생각해 보라. 또한 화장실의 청결 상태도 확신할 수 없다. 당신이 여성이라면 너무도 잘 알겠지만, 보통의 여성은 깨끗한 화장실에 대한 집착이 매우 강한 종족이다.

- 가장 심각한 경우 _ 흔치는 않겠지만 민박집 주인이 불륜 관계에 대해 심한 거부 반응을 일으켜서 당신들의 뒤를 밟지 않는다는 보장이 없다. 세상엔 별의별 사람이 많아서 남의 부정을 캐는 일을 사회 정의 구현쯤으로 생각하는 이들도 있다. 승용차 번호를 메모한 다음, 그 번호로 각 시청이나 구청의 교통과나 자동차 등록 사업소에 조회해서 차주의 신분을 알아 내기도 한다. 고지식한 민박 주인은 당신의 배우자에게 당신이 애인과 한 행위를 알리고, 부부 사이를 갈라 놓는 것이 '도덕적' 의무라고 여길 수 있다는 말이다.

경찰, 당신이 외도중이라면, 그들은 '공공의 적'이다

어두운 밤 한적한 길을 홀로 걸을 때나, 낯선 사람들에 둘러 싸여 곤경에 처해 있는 상황이라면 언뜻 보이는 경찰 제복이 너무나 반갑게 느껴질 것이다. 하지만 애인과 함께 어딜 가거나 자동차를 타고 있을 때 마주치는 경찰의 존재는 우리를 불안하게 한다. 가급적 눈에 띄지 않았으면 좋겠다는 생각이 드는 것이다.

당신이 지금 막 애인과 밀회를 즐기러 가는 길에 어떤 위반 행위로든 경찰에게 잡히면 완전한 낭패감에 사로잡히게 될 것이다. 우선 시선이 마주치는 것도 껄끄럽다. 물론 살인 같은 큰 범법 행위를 말하는 것이 아니라 속도나 신호 위반, 주차 위반 등과 같이 흔히 발생하는 교통 법규 위반 따위를 말하는 것이다.

위반을 했을 경우에 이른바 딱지를 해당 관청에서 당신의 집 주소로 보내기 때문에, 만일 당신이, 배우자가 생각지도 못했던 곳에 간 경우에는 더욱 문제가 될 것이 분명하다. 배우자에게 세미나에 참석하러 '대전'에 간다고 말했는데, 벌금 고지서 딱지에 적혀 있는 위반 장소가 '춘천 소양로'라면 어떻게 해명할 수 있겠는가? 바람피운 것에 대해서는 직접적으로 배우자가 증명할 길이 없다 하더라도, 기짓말을 한 사실은 분명 밝혀질 것이고, 당신에 대한 신뢰감은 땅에 떨어질 것이다. 배우자와의 사이가 부자연스러워지고, 끊임없이 의심을 받아야 하거나, 다음 출장 때에는 감시를 당할 수도 있다. 그렇기 때문에 애인과의 밀회 여행길에는 좌우간 경찰이나 무인 과속 측정기 같은 것을 절대로 주의해야 한다.

만일 자신이 위반을 한 사실을 미리 알았을 경우에는 (귀찮기는 하지만) 한 가지 구제 방법이 있다. 일반적으로 주차 위반일 경우에는 와이퍼에 벌금 딱지가 꽂혀 있다.

속도 위반의 경우에는 플래시가 터지는 것을 보면 2, 3개월 뒤에 집으로 위반 사실과 벌금을 알리는 고지서가 오고, 경찰이 속도계로 측정하다가 차를 세우라는 신호를 보내서 즉석에서 스티커 발급을 받게 된다. 이 경우는 직접 경찰에게 적발당해 딱지를 받는 것이 차라리 낫다.

법규 위반을 한 것이 등록되어 있다는 것을 알았다면, 다음과 같은 방법으로 집으로 날아올 고지서를 들키지 않게 가로챌 수 있다.

사서함으로 우편물을 빼돌린다

배우자에게 우편으로 날아올 고지서의 내용을 알리고 싶지 않다면, 우편함 앞에 서서 매일 배달부를 기다리거나 우편 사서함을 이용하는 방법밖에는 없다.

우편 사서함이란, 배달 시간에 관계없이 우체국에 설치된 우편함을 이용하여 수취인이 우편물을 우체국 업무 시간 내에 수시로 직접 찾아갈 수 있는 서비스를 말하는데, 개인 명의로도 우편 사서함을 개설할 수 있다. 단, 월 30통 이상의 우편물이 지속적으로 해당 사서함 앞으로 조건이 있기는 하다. 개인이 사서함을 신청하기 위해서는 주민등록증 앞뒷면을 복사한 사본과 도장, 사서함 열쇠 대여비 4,000원을 준비하면 된다. 별도의 사용료나 수수료 같은 것은 없다. 조그만 동네 우체국에는 이런 사서함 서비스가 제공되지 않고, 그보다 약간 큰 지역 우체국에서 개설할 수 있다. 자신만의 우편 사서함이 생기면 집 주소로 우송될 모든 우편물이 그곳으로 전해져 보관된다.

일단 사서함이 개설되면 교통 위반 고지서를 가로채기 위해 다음과 같은 일처리가 필요하다.

- 사서함 열쇠는 회사의 캐비닛이나 서류함에 넣고 잠근다.
- 일 주일에 한두 번 점심 시간에 우편물을 찾아오고 열쇠를 잘 보관한다.
- 관공서에서 온 우편물을 골라 낸다. 은행에 가서 벌금을 현금으로 내면 되는데 설내 세과 이체는 하지 마라
- 그런 다음 관공서에서 온 우편물을 쓰레기통에 버린다.

• 나머지 우편물은 집에 들어가기 전에 집 우편함에 넣어 둔다.

참 피곤한 일이지만 비밀을 지키려면 이 정도의 품은 팔아야 한다. 배우자가 집에 와 있으면 이미 우편물을 꺼냈을 테니까, 그 다음날에 도착할 우편물과 함께 꺼내게 된다. 배우자가 집에 있지 않으면, 당신이 직접 들고 온 우편물은 물론, 우편함에 들어 있던 우편물도 함께 꺼낸다.

이 방법은 당신이 교통 위반을 한 사실을 미리 알고 있었을 경우에만 해당된다. 그러므로 당신이 막기파식의 폭주족이든, 주차 위반을 자주 하든 상관없이 애인을 만나러 갈 때만이라도 모든 교통 법규를 잘 지킬 것을 당부한다. 다음은 배우자에게 감출 방법이 없기 때문에 무조건 금기시해야 하는 노하우다.

애인을 만나러 가고 올 때 무조건 지켜야 하는 교통 법규

교통 위반을 하면 승용차가 견인되거나 경우에 따라서는 운전 면허가 취소되기도 한다.

장애인 전용 주차 구역에 주차하거나 소방 도로, 또 절대 일반 차량 주정차 금지 구역인 병원 앰뷸런스 전용 주차장이나 소방차 주차장 등에 차를 막무가내로 세어 둔 경우에는 사전 경고 없이 무조건 견인된다.

즉석에서 운전이 금지되고 결국 면허가 취소되는 경우

- 음주 운전 : 혈중 알코올 농도 0.1% 이상

- 마약 복용 상태에서의 운전

- 환각성 약물 복용 상태에서의 운전

유명 연예인들이 '아무개랑 그렇고 그런 사이다' 라는 유언비어성 소문이 사실로 확인되는 것은 많은 경우 교통 사고나 교통 법규 위반으로 인해 밝혀진다고 한다.

다시 한 번 강조하지만 널리 알리기 곤란한 사람이 곁에 탄 차는 조심, 안전 운전을 하는 길이 최선이다.

교통법규를 잘 지키자. 특히나 그녀와 함께 있을 땐……

　그녀를 만난 건 회사에서였다. 두 살 난 딸아이와 와이프가 있는 나이지만, 그리고 그녀 또한 그 사실을 너무도 잘 알고 있지만, 어쨌든 우리는 눈이 맞아 버렸다. 와이프와는 친구 소개로 만나 3년간의 연애 끝에 결혼했다. 4년간 지속해 온 결혼 생활 동안 우리는 자신들도 미처 몰랐던 서로의 밑바닥을 가끔씩 확인시켜 주기도 하고, 그로 인한 상처를 다독거리기도 하며 그럭저럭 지내왔다. 아마도 보통 부부들보다는 그런 일이 좀더 잦기는 했겠지만 말이다. 때때로 서로를 짐승 보듯 하는 일이 있다고는 해도, 와이프 외에 다른 여자를 만나고 싶다는 생각은 굳이 들지 않았다. 새로운 누군가를 만난다고 하는 것이 즐거운 일이긴 하겠지만, 뒷일이 번잡스러울 것이 너무도 뻔했기 때문이다. 하지만 그녀가 내 마음에 들어와 버렸다. 그리고 그 구차스러움을 감수해야 할 상황이 된 것이다.

　지난 6개월 동안 나는 치밀하고 완벽하게 이중 생활을 꾸려냈다. 긴장감, 달뜬 기분, 두 여자에 대한 연민과 죄의식, 허탈감 등 이런저런 감정의 혼란스러움을 잘 다스려낸 것은 물론이고, 조심스럽게 그동안 지내온 내 생활 패턴의 테두리 안에서 새로운 연인과의 관계를 컨트롤 해냈다. 그러다 최근 뜻하지 않게 엉뚱한 일 때문에 와이프의 의심을 살 만한 일이 생겼다. 그 친구 집 근처에서 차 사고가 난 것이다. 사정인즉 이렇다.

미혼인 그녀는 애초에 내가 유부남이라는 사실을 알고 있었던 것이고, 연애 초기만 해도 그런 사정으로 인한 여러 제약을 자연스럽게 받아 들였다. 그런데 관계가 깊어지자 (29살인 그녀는 놀랍게도 내가 첫 남자였다) 자신에게 좀더 많은 사랑과 시간을 할애해 달라고 요구하기 시작한 것이다. 데이트 날짜나 시간, 횟수 같은 걸 일일이 계획하고, 거기에 맞춰 나갔으니 그녀의 입장에서 답답하고 짜증스러운 건 당연한 일이었다. 그날은 그 문제로 평소보다 심하게 다퉜다. 너무도 뻔한, "그래서 나보고 어쩌라는 거야." "○○씨에게 무얼 바라는 건 아니지만, 그래도 이게 뭐냐구요?" 등등의 얘기들이 오가던 순간, 갑작스럽게 끼어든 피자 배달 오토바이가 '쿵' 내 차에 받혀 앞으로 튕겨 나갔다. 다행히 오토바이에 타고 있던 배달원이 크게 다치진 않았다. 그리고 거의 전적으로 그 배달원의 무리한 끼어들기로 인한 사고였다. 하지만 문제가 커진 건 분명했다. 내 차 범퍼가 상당 부분 깨졌고, 미안하다며 고개를 숙이는 배달원은 절뚝거리고 있었다. 무엇보다 하필 경찰차가 사고 장소 바로 옆에 있었다는 게 문제였다. 그녀를 먼저 집으로 들여보내고, 뒷수습을 해야 했는데 일이 너무 꼬여버린 것이다. 그 자리에서 합의를 보기에는 사고를 낸 당사자인 배달원이 너무 어리기도 했고, 사고 차량인 오토바이가 피잣집 주인 소유였기 때문에, 파출소로 가지 않을 수 없었다.

당연 집에 들어간 시간은 늦었고, 와이프에게 대충 얼버무리기기는 했어도, 내가 그 시간에 그 장소에 있을 이유를 분명하게 납득시키기는 힘들었다. 설령 내 스스로 켕기는 것이 없었더라도 (그저 바람 쐬고 싶은 마음에 목적지 없이 차를 몰고 갔다가 그곳에서 사고가 났을지라도) 와이프는 뭔가 이상하다고 생각했을 터인데, 실제 속이 빠짝 타서는 태연스러움을 가장하고 있는 나에게 의심이 든 것은 자연스러운 일일 것이다.

물론 그 일로 인해 나의 외도가 완전히 들통나버린 것은 아니다. 하지만 분명 내 행동 반경은 이전보다 훨씬 더 좁아졌으며, 한층 철저해진 나의 조심스러움이 와이프 입장에서는 "이 남자 엄청 눈치보고 있네"라고 여길 빌미를 제공할 수도 있겠다는 생각이 든다. 도둑이 제 발 저린다는 말이다.

어쨌든 그 일을 통해 난 애인에게 적절한 거리두기의 필요성을 새삼 일깨워 주었고, 내 자신도 무언가 결단을 내려야 하는 순간이 왔음을 새삼 느꼈다. 꼬리가 길면 밟히는 법이다. 그리고 일단 의심의 여지를 제공한 이상, 와이프가 맘먹고 달려 들면 좀더 확실한 단서를 잡아 낼 수밖에 없을 것이다. 그러고 보면 그날 밤의 사고가 순전히 재수 없는 일만은 아니었다. 일종의 경고를 내게 보낸 것일 수 있다는 얘기다.

_ *35세, 남, 의류 디자이너 (경기도 분당 거주)*

외도 경비 의심받지 않고 데이트 비용 마련하기

남자인 당신의 외도 데이트가 한 여자의 평생 살림을 책임지는 이른바 '세컨드'나 '현지처'를 두는 방식이 아니고, 또 '원조 교제'를 하는 것도 아니라면 외도에 필요한 돈은 그다지 큰 금액은 아니라고 할 수 있다.

세컨드를 두는 방식은 그날 필요한 경비만 쓰는 게 아니고, 생활비 일체를 대야 하기에 훨씬 많은 돈이 들어가서 그야말로 경제적 여유가 있는 사람이 아니고는 외도 자체가 몹시 힘들어진다. 생각해 보라. 당신의 애인이 강남 지역에 20, 30평짜리 아파트나 그보다 작은 원룸을 원한다고 했을 때 우선 그 비용만도 2, 3억 원이 들기 때문이다.

반대의 경우도 있다. 당신이 '제비'라면 이건 완전히 임도 보고 뽕도 따고, 도랑 치고 가재 잡고, 마당 쓸고 동전 줍는 셈이라 할 수 있다. 섹스의 재미는 재미대로 보면서 금전적 이득이 생기기 때문이다. 그러나 여기서는 일반적인 급여 생활자가 쌍방이 금전적으로 큰 부담이 없는 외도 데이트 비용에 관한 내용을 논하고자 한다.

이렇게 하면 통장과 신용카드 청구서 때문에 의심받지 않는다.

400만 원의 월급을 받는, 1명의 처와 두 자녀를 둔 40대 중반의 한국의 직장인 남자가 바람을 피우려 한다고 치자. 이 사람은 일반 경제 이론으로는 설명되지 않는 특별한 가정 경제 운영법을 먼저 익힌 다음에 애인을 구해야 한다. 그러나 이미 애인은 있고, 그 애인과 지속적인 관계는 유지하고 싶고, 돈이 부족해 늘 허덕이는 상황에 있다면 거기에 맞는 대처법을 당장 강구해야 할 것이다.

전통적으로는 안방 마님들이 곳간 열쇠를 차고 있어서 남자들은 비자금 관리가 힘들었다. 그러나 지금은 급여 명세서도 생략된 통장 입금 방식으로 입출금이 되기에 어찌 보면 데이트 자금 융통이 더 쉬워진 세상이라고 할 수 있다.

마누라가 남편의 수입금 통장마저 자기의 명의로 만들어 버렸거나 부부 공동 명의로 통장을 관리하고 있다면, 배우자가 통장 거래 내역을 보고 당신이 바람둥이인 것을 금방 눈치채지 않게 경비 조달 방법을 찾아야 하는 험난한 작업이 필요하다.

바람피우는 사실이 들통나는 일은 어설픈 외박, 옷에 묻혀 온 정액, 새벽 2시에 걸려 오는 전화, 다른 사람(애인)에게서

받은 선물 등이 원인이 되는 수도 있지만, 최근에는 신용카드 청구 내역서 때문에 꼬리를 잡히는 경우가 가장 많다.

그러므로 신용카드를 사용하여 주거래 은행 계좌에서 결제된 수상한 흔적이 남지 않도록 온 힘을 쏟아야 한다. 그러기 위해서는 물론 현금이라는 깔끔한 방법이 있긴 하다. 하지만 빳빳한 배춧잎이 넉넉히 지갑 속에 채워져 있는 재수 좋은 날이 많지는 않다. 하필이면 지갑에 현금이 다 떨어진, 찬바람이 씽씽 몰아치는 날에 꼭 외도 건수가 생기는 희한한 머피의 법칙을 겪어 보시지 않았는가? 하지만 요새는 현금보다 더 우대받는 것이 신용카드인데, 외도를 왜 포기하나. 카드를 들고 나가면 당장 지출이 없으니, 오히려 외상으로 소잡아 먹는다는 기분으로 당신이 지닌 카드 가맹점 마크가 붙은 고급 레스토랑이나 호텔로 가게 되어 더 폼 나는 데이트가 이뤄질 수도 있다. 결제의 고통은 짜릿한 외도에 비해 아주 적은데 뭐가 걱정인가!

자, 어쨌건 카드를 사용하거나 은행 창구나 현금 지급기에서 돈을 뽑으면 예외 없이 거래 명세 흔적이 남는다. 당신이 은행털이와 같은 색다른 수입원을 꿈꾸고 있지 않다면, 의심을 전혀 사지 않도록 현명하게 대처해야 한다. 어떻게 하면 되는지 다음 네 가지 노하우를 통해 가르쳐 드리겠다.

감봉을 핑계로 한 급여 명세서 위조

다음 수법들은 월급쟁이가 외도 데이트 비용 마련에 응용할 수 있는 가장 뻔뻔스러운 수단이다. 그러나 공금을 횡령하거나 업자에게서 뇌물을 받는 범죄보다는 자신을 도덕적인 차원에서 지탄하게 될 배우자 한 사람만 속이는 방법을 쓰라는 것이다.

실제로는 변동이 없어도 회사 사정상 월급이 깎였다고 거짓말을 한다. 그만큼의 차액은 집에서 눈치 못 채게 받아서 비밀 예금 계좌로 입금해 데이트 비용으로 사용하는 것이다.

간단하게 생각될지 모르지만, 사실은 오랫동안 신중하고 빈틈없이 준비해야 하는 일이다. 하지만 그 대가로 당신은 다시는 현금 인출에 대해 핑곗거리를 만들어 낼 필요도 없고, 뿐만 아니라 추후에 급여가 인상되면 생각지 못했던 보너스나 마찬가지이니까 다른 용도에 쓸 수 있게 비축해 둘 수 있는 득도 있다.

첫 번째 단계의 목표는 배우자가 급여 명세서를 지금까지와는 다른 방법으로 받는 것에 익숙해지게 만드는 것이다. 한국의 대부분의 직장들은 온라인 입금이 되면서도 급여 내역서는 오래 전부터 해 나왔던 방식으로 꼭 직접 건네주거나 집으로 우편물로 발송한다.

집으로 올 경우 경리 부서 담당자 한 명(대개 여자 사원)만 구워삶으면 더 이상 집으로 명세서를 보내지 말고, 당신이 직접 받게 할 수 있다. 적당한 사정을 대고 선물을 크게 한턱 쏴야 할 것임은 두말 할 필요가 없다.

그 다음 달에 급여 명세서를 근무지에서 바로 받으면 집으로 들고 가서, 회사가 경비 절감을 하느라고 이제부터는 급여 명세서를 우편으로 보내지 않는다고 말한다.

우선 두어 달은 급여 명세서를 조작하지도 돈을 떼어내지도 마라!

당신이 앞으로 급여 명세서를 직접 집으로 들고 오면 생활 습관에 변화가 생긴다는 것을 염두에 두라. 그러므로 배우자가 이러한 새로운 상황에 적응할 시간을 주는 것이다. 지금 당장 아무런 변동 사항이 없다고 하더라도 배우자에게는 뜻밖의 일인 만큼 서둘러서는 안 된다.

결정적인 두 번째 단계에 들어서서, 필요한 돈을 빼돌리려면 우선 인내심을 갖고 2개월 동안은 그냥 둔다. 이와 함께 두 가지 절차가 더 필요하다. 우선 배우자가 알지 못하게 비밀 예금 계좌를 하나 더 개설하는 것이다.

이렇게 비밀 계좌를 만들어라

비밀 계좌를 들키지 않게 하려면 다음 두 가지 노하우를 무조건 준수해야 한다.

* 아직 한 번도 거래한 적이 없고, 회사나 동네에서 먼 곳의 은행에 만들어라. 그리고 회사와 같은 은행의 계좌를 신청하라.

당신과 당신 배우자가 동네 은행의 오랜 단골이라면 창구 직원들 몇몇 정도는 서로 인사하는 사이가 될 수 있을 것이다. 하지만 이들은 미장원 미용사나 목욕탕 때밀이 아주머니만큼 말이 많다. 당신의 배우자가 공과금을 내러 갔을 때 난데없이 "요즘 형편이 좋아지셨나 봐요. 남편(부인)이 저희 은행에 또 계좌를 개설하셨어요." 이런 말을 할 수 있다.

* 신용카드나 통장은 가급적 자동차 트렁크나 회사 서랍 안에 두고 다녀야지 지갑에 넣고 다니지 마라. 당신 배우자의 눈은 가죽 지갑도 투시하는 신비한 능력을 지니고 있기에 그렇다. 이제 당신이 근무하는 회사의 경리과에 다음 달부터 급여가 부

부 공동 명의나 배우자 명의가 아닌 비밀 예금 계좌로 입금될 수 있도록, 급여 송금을 위한 새 계좌 번호를 알려 준다. 물론 통장에 급여가 입금되지 않으면 배우자가 금방 눈치챌 수 있으므로, 바람피우는 데 사용하려는 만큼을 뺀 수입 금액이 부부 공동 명의의 예금 계좌로 입금되도록 신경을 써야 한다.

줄인 급여는 직접 입금하라

기존의 부부 공동 명의의 예금 계좌에 급여가 입금되는 과정에서 의심받지 않으려면, 비밀 예금 계좌를 개설한 은행에서 일정한 액수(물론 순소득에서 데이트 비용을 뺀)가 기존의 급여 입금 시기와 거의 같은 시기에 부부 공동 명의의 예금 계좌로 입금되도록 자동 계좌 이체 신청을 한다. 지금까지 급여가 매월 25일경에 입금되었으면 자동 계좌 이체 날짜도 25일로 정한다. 가장 중요한 점은 계좌 이체할 때의 거래 내용이므로 회사에서 기입하는 내용과 똑같은 내용을 적는다. 송금자 명의를 회사 것으로 하라는 얘기다. 어떤 내용인지는 통장 거래 내역을 보면 알 수 있다.

끝으로 '삭감된 급여'를 직접 송금했으면, 이제 급여 명세서에 적힌 액수와 부부 공동 명의의 통장에 입금된 액수가 일치하도록 해야 하는 가장 중요한 단계가 남았다.

신빙성 있는 급여 줄이기

가장 간단하면서도 가장 효과가 좋은 방법이 있다. 식사비 또는 그 비슷한 추가 비용을 줄이면 배우자가 쉽게 파악할 수 있으므로 실패할 수 있다. 그 대신에 건강 보험료와 국민 연금을 높이고, 추가로 회사와 연계된 보험 회사를 통해 운전자 보험이나 상해 보험 등 혜택이 많은 개인 보험을 들었다고 말한다. 보험 약관을 면밀히 검토해 봐도 뭐가 뭔지 알기 힘든 내용으로 돼 있다.

급여 명세서는 다음과 같이 고친다.

- 급여 명세서를 흑백으로 한 장 복사한 뒤에
- 복사 한 종이에서 급여 명세서 조작에 필요한 숫자를 오려 낸 다음, 원래의 숫자 위에 붙인다.

예) 경조사비나 공제회비 10만 원을 20만 원으로 높이려면 순수입은 줄어들게 된다.

이 경우 복사한 종이에 숫자를 덧붙인 급여 명세서를 컬러 복사한다. 이것을 지니고 있다가 급여 명세서를 배우자에게 원할 때 '원본'인 것처럼 보여 주면 된다.

현금만 사용하기

_ 인출에 대해 적당히 둘러대기

앞에서 서술한 방법이 어떤 이유에서건 당신에게 적합하지 않다고 생각된다면, 기존의 통장을 이용해서 데이트 비용을 마련하는 것 외엔 다른 방법이 없다. 이 말은 인출해서 쓴 용도에 대해 배우자에게 납득이 될 수 있는 구실을 미리 마련해 놓아야 한다는 것이다. 물론 매달 자동으로 일정액이 입금되는 비밀 예금 계좌보다 더 번거롭고, 에너지 소모가 많고, 위험 부담이 높다.

다음에 적은 거짓말들은 인출한 액수에 대해 납득이 가게 설명하는 데 도움이 될 것이다. 단조로운 거짓말만 사용하지 말고, 의심이 가지 않을 만한 여러 가지 거짓말을 조합해서 사용하다 보면 신기하게도 자신이 했던 거짓말에 스스로 익숙해지는 수가 생긴다. 갑자기 인라인 스케이팅에 열정이 생겨서 괜찮은 것을 구입했고, 회사에 보관해 두고 있으며 강습도 받는다는 거짓말은 위험하다.

건강상의 핑계를 대고, 그에 필요한 운동 장비의 구입이나 강습 비용을 빌미로 돈을 마련하는 경우가 적지 않은데 이것은 배우자가 갑자기 점검을 하면 단번에 들통이 난다.

현금 인출에 대한 변명

아무튼 배우자는 한번 의심이 생기면 당신이 통장에서 뽑아 쓰는 액수가 당신이 말한 지출 항목과 계산상으로 맞아떨어지는지 대략 계산해 본다. 아래에 몇 가지 보기로 적은 핑곗거리 중에서 당신의 생활 양식에 맞게 배우자에게 구실로 삼을 수 있는 것을 고르라.

- 이발 _ 보통 이발소에서 이발과 면도를 하게 되면 1만 원이나 1만 5,000원 정도의 비용이 든다. 그러지 말고 미용실을 이용해 보라. '블루클럽' 같은 곳에서는 5,000원이면 이발이 가능하다. 면도는 집이나 목욕탕에서 직접 하면 된다.

- 골프 _ 만약 당신이 골프를 친다면 골프 연습장 등록 비용과 레슨비를 조작하면 상당 액수 돈을 만들 수 있다. 한 달에 일정 액수를 내는 곳도 있고, 시간제나 박스제를 하는 곳이 있는데, 박스제로 하는 곳이 좋다. 1시간에 1만 5,000원을 할 경우 한 시간만 하고 두 시간 비용을 썼다고 하면 1만 5,000원이 생기는 것이다.

일반 프로 레슨은 월 10만 원에서 15만 원의 비용을 내야 하지만 PGA 프로는 5만 원에서 10만 원이 더 비싸다. 좋은 프로에게 배워서 비싸다고 하면서 실제로는 싼 프로에게 받아도 된다. 그리고 매일 프로에게 음료수를 사 줬다고 하면 5,000원 정도는 추가로 만들 수 있다.

- 식사비 _ 동료들과 식사를 하러 갔을 때, 당신의 신용카드로 계산하고 따로 현금을 받는다. 동료들에게는 신용카드 사용이 생활화된 사람으로 인식시켜 놔야 할 것이다. 합계 금액 5만 원 중 내 몫 1만 원을 제외하면 우선 4만 원이 현금으로 남게 된다. 나중에 배우자에게는 내기에 져서 한턱 쏠 수밖에 없었다고 말한다.

- 점심값 _ 당신이 주 5일 근무를 한다면, 이론적으로 일 주일에 구내 식당이나 일반 식당에서 다섯 번 점심 식사를 한다. 과장이나 부장에게 빈대를 붙어 얻어먹거나(상사가 기분 좋아할 결재 내용은 늘 점심 시간에 임박해서 들고 간다.) 아예 굶거나 아주 싼 음식을 먹으면 일 주일에 최소한 3만 원의 용돈이 비축된다.

- 공연 관람 _ 실제로는 가장 싼 C석을 구입했어도 비싼 입장권을 구입했다고(가장 비싼 자리라야 잘 듣고 볼 수 있으니까!)

말한다. 배우자가 당신 주머니에서 가격이 선명하게 인쇄된 입장권을 발견할 수도 있으니까, 경기장을 나오면서 로열석 입장권을 산 사람에게 부표를 미리 얻어 두면 좋다. 한국인 중에 그거 안 주는 사람은 없다!

• 할인가로 물품 구입 _ 대형 백화점이나 일반 가게서도 바겐세일 판매를 자주 한다. 세일 가격으로 상품을 구입한다. 또는 백화점 물건이 할인점이나 재래 시장에도 있는 경우가 많다. 배우자에게는 고급 백화점에서 정가로 신제품을 구입했다고 말한다.

1 _ 전자 제품의 경우 '용산 전자랜드'가 5~15% 가량 싸다.

2 _ 자동차 용품은 폐차장에 가면 거의 새것 같은 중고를 3분의 1 가격으로 살 수 있다. 장안평 자동차 중고 시장에 가면 수리비나 용품이 싸다.

3 _ 책은 '예스 24' 등 인터넷 서점에서 구입하면 최고 30%까지 싸다.

4 _ 양복은 '동대문 5가 포목 상가'에 가면 기성복 1벌 값으로 두 벌을 맞춰 입을 수 있다.

5 _ '회'는 노량진 수산 시장에 가면 일식집의 4분의 1 가격으로 먹을 수 있다.

6 _ 문구류, 안경, 옷, 인삼, 돼지머리, 시계는 남대문시장이

전국서 가장 싸다.

7 _ 귀금속 장신구는 종로 3가에 가면 많은 점포가 있는데, 백화점이나 동네 귀금속집보다 20% 이상 싸고 물건도 다양하다.

8 _ 철물은 을지로, 공구는 청계천, 게임기, 가전 제품, 조명 기기, 고급 오디오는 세운상가에 가면 상당액의 돈을 절약해 물건을 구입할 수 있다.

위의 물건을 위의 장소에서 샀을 경우 주인에게 묻지 않아도 틀림없이 동네 가게나 백화점보다는 아주 싸니, 배우자에게는 20% 이상 높은 가격을 말해도 된다. 그리고 원래 금액보다 조금 더 많은 액수의 영수증을 끊어 달라고 하면, 대부분 그렇게 해준다.

• 담배 _ 만일 당신이 흡연자라면 실제로는 담배를 줄이고 있어도, 배우자에게는 사무실에서 상사에게 주는 것이 많아 하루에 담배를 두세 갑 피운다고 말한다. 그리고 싼 것을 피우면서도 저타르의 비싼 것을 피운다고 말해 하루 2,000원 이상 삥땅을 쳐라.

• 경찰 _ 애꿎은 경찰을 나쁜 사람으로 만들어라. 가끔씩 교통 위반으로 경찰에게 걸렸고, 벌금 대신 한 2만 원을 찔러 줬

다고 말한다. 배우자가 조사해 볼지도 모르니까, 미리 대비해서 남산에 있는 TBS(☎ 02-311-5114 교통 방송 안내 전화) 민원실에 전화해서 어느 장소에서 차량 속도 위반 단속을 하는지 물어 둔다.

· 복권, 내기 _ 복권을 샀거나 내기 시합을 했다고 말한다. 당첨되지 않았어도 어차피 확률은 수천만 분의 일이므로 배우자가 의심을 해야 할 정도로 이상한 일이 아니다.

이상과 같은 핑계는 앞에서 언급한 바와 같이 순서를 정하지 말고, 상황에 따라 골라서 잘 활용하라. 납득이 가게 잘 활용할 수만 있다면 보름에 20만 원은 쉽게 모을 수 있다. 20만 원이면 외도 데이트 2회 비용은 된다.

참고로 일반적인 외도 데이트에 들어가는 1회의 평균 비용은, 식사 2만 원+러브 호텔 대실료 3만 원+맥주 2만 원+교통비 2만 원 등 해서 10만 원 안팎 정도다.

거액을 챙길 수 있는 최상의 구실 두 가지

다음 두 가지의 구실을 적절히 이용할 수 있는 사람이라면 단번에 수백만 원까지도 데이트 비용으로 만들 수 있는 아주 유능한 사람이다.

- 출장(다음의 추가 비용은 당신의 취향대로 조합해서 활용하면 된다)

  _ 호텔 객실의 미니 바를 이용하지 않기 → 호텔이나 여관 근처에도 슈퍼마켓이 있다. 거기서 맥주나 소주를 산다.

  _ 호텔 음식 먹지 않기 → 컵라면이나 빵을 사다가 때운다. 초콜릿과 바나나만 먹어도 한두 끼는 괜찮다.

  _ 동료와의 외출 삼가기 → 연극, 오페라, 디스코텍, 운동 경기 관람은 관광 여행 때나 하는 것이다. 배가 아프다고 하고 방에서 뒹굴어라.

  _ 주차장 이용 않기 → 차를 가져갔을 경우 무료로 이용할 수 있는 공간을 찾아라.

  _ 싼 표 구입하기 → 제주도엔 하는 수 없이 비행기를 이용해야겠지만 다른 곳이라면 열차나 고속 버스를 이용하라. 비행기보다 절반 이상이 싸고 시간도 결코 늦지 않다.(철도청에 회원 가입을 하면 2만 원만 내고 평생 회원이 되는데, 매번 5% 정도 할인이 있고 표도 쉽게 전화로 예매가 가능하다. ☎ 1544-7788, 1544-8545, 전국 어디서나 가입 문의 가능)

  _ 거래처 술대접을 돈으로 달라고 한다 → 술을 좋아하지 않는다고 하면 봉투를 찔러 준다.

이런 방식으로 3일간의 업무 출장 건수가 있다면 당신은 경우에 따라 10만 원에서 100만 원까지도 벌 수 있다.

100만 원이면 새 외도자를 물색할 수 있는 비용도 되고 기존의 애인이랑 5회 이상 상당히 좋은 호텔서 만날 수 있는 데이트 자금이 된다.

• 접대비 _ 반대로 당신이 거래처나 협력 업체의 사람들을 접대할 입장에 있는 경우에도 많은 돈을 세이브할 수 있다. 잘 아는 단란 주점에 미리 가짜 양주를 넣어 달라고 하고 진짜 비용을 지불한 영수증을 받고, 차액은 현금으로 받는다.
손님들을 비싼 음식점보다는 집으로 오게 해서 음식 접대를 하는 방법이 있다. 외국인 바이어라면 오히려 한국인의 일반 가정에 들러보는 것을 성의 있는 접대라 해서 좋아한다. 배우자가 음식 솜씨가 좋을 경우는 직접 시키고 아니면 중국 음식점이나 아파트 상가 지하에 있는 반찬 가게 것을 이용하면 된다.
200만 원으로 접대할 것을 50만 원으로 치렀는데도 상대가 상당히 만족해 하는 것을 본 적이 있다.

나는 당당히 말했다. 나만을 위한 통장을 만들겠다고

일상은 늘 지루했다. 비슷한 날들이 반복되었고 별로 내키지 않는 일들만 하게 된다. 젊었던 시절 불끈 솟던 의욕은 세월과 함께 다 사라졌고, 콩알만 한 가슴을 가진 '소심남'이 되어 버렸다.

"이렇게 살다가 죽는건가?"

휴! 한숨이 흘러 나왔다. 그러던 어느 날 그러니까 신혼의 재미가 막 끝나 갈 무렵부터 나는 옆에서 곤하게 잠든 아내에게 미안스런 뜬금없는 꿈을 꾸었다. 꿈의 내용인즉, 썩 미인은 아니지만 갑자기 내게 새로운 여자가 생긴 것이다. 그리고 그녀와 격렬한 섹스를 했다. 깨어 보니 팬티가 축축하다. 난데없는 몽정까지……. 바람을 피운 것도 아닌데 덜컥 겁이 나고 창피스러워서 젖어 버린 팬티를 벗어 들고 잠든 아내 몰래 살금살금 기어 나와 간단히 손빨래를 해서는 세탁기 속에 던져 넣었다. 아무튼 이 어이없는 사건 이후 나의 아침은 며칠 동안 밝아졌다. 낯설지만 생활에 변화랄까? 현실 속의 나는 회사와 아내에 철저히 갇혀 있었다. 매달 지정된 통장으로 꼬박꼬박 들어가는 내 월급은 10원 한장 에누리 없이 일단 아내의 수중으로 들어갔다. 내 몫의 용돈은 눈물나게도 대학 다닐 때 수준이었다. 게다가 아내는 같은 회사를 나보다 먼저 다니기 시작한 선배였고, 우리는 사내 커플이었다. 지금은 다른 회사로 옮기긴 했지만 회사 사정은 나만큼 잘 알았다. 변명의 여지가 없었다. 지금도 옆에 앉은 동료가 졸고 있는 내 모습을 아내에게 인터넷 메신저로 실시간으로 전달하고 있을지도 모른다. 그래서였을까? 상상 속의 나는 점점 더 과감해졌다. 그리고 그것은 내 나름으로는 '정당한 여가'였다. 상상만으로라도 자유롭고 싶었다.

내가 그녀를 만난 것은 정말 운명의 장난 같은 것하고는 너무나 거리가 먼 이야기다. 우리는 필요를 위해 서로에게서 적당히 타협점을 발견한 관계라고 하는 것이 맞을 것이다. 그녀는 결혼을 거부하는 독신녀였고 적당한 남자가 필요했고, 나는 일탈을 꿈꾸지만 바람으로 만족했던 남자였으니까. 동창 사이트를 통해 초등학교 동창인 그녀를 만난 후 나는 너무나 즐거웠다. 아무도 모르게 나만의 공간을 마련한 것처럼 평온함을 느끼곤 했다. 하지만 문제는 있었다. 바로 돈이다. 한두 번은 그렇다 치더라도 너무나 주머니 사정이 뻔한 나로서는 번번이 그녀 앞에서 얇디얇은 지갑을 들고 궁색한 모습을 보여야 한다는 사실이 쪽팔렸다. 난 안달이 났고 어떻게 하면 데이트 비용을 적당히 남길 수 있을까 궁리에 궁리를 거듭했다. 정말 처음에는 일반적인 수법들을 이용했다. 아내 몰래 카드를 하나 만들어 그걸 이용했지만 그다지 많지 않은 비용임에도 결제일은 버겁게 돌아왔다. 회사일이나 동창회, 경조사를 핑계 삼는 일도 몇 번 있었지만 그런 방법으로 꾸준히 필요한 데이트 비용을 대기에는 힘겨운 것이 사실이었다.

아내는 소심한 내가 바람을 피우리라고는 생각도 못했다. 다만 내 목소리와 표정에서 풍겨 나오는 주눅 든 내 심정을 전혀 다른 각도에서 배려해 주려 했다. 아내는 내 모습이 안쓰러웠던지 '뭐 힘든 일이 있어?' 라고 걱정스런 말을 건네기도 했다. 하지만 아내는 모를 것이다. 그것이 빌미가 되어 내 데이트 비용이 매달 차곡차곡 쌓이게 된 사연을……

아내는 나보다 더 많이 벌었다. 그리고 원래 있는 집 딸이었다. 집을 마련할 때도 아내의 친정에서 상당한 도움을 얻었다. 그래서 공동 명의로 집을 샀다. 우리 어머니는 말도 안 된다고, 철딱서니 없는 놈이라고 투덜거리셨지만, 그게 맞는 일인 것 같았다. 일반적인 한국 사회의 상식에서는 그건 아내에 대한 '배려'이자 손해 보는 일을 감수한 '양보'인 것이지만, 따지자면 그게 합리적인 일의 절차라고 생각했다. 그 집을 가지고 나 혼자 재산을 불려 먹을 것도 아니고 해서, 난 그 일에 그리 큰 의미를 두지 않았던 것인데, 아내는 내심 그것을 매우 고마워했다. 그리고 그녀에게 있어 나는 능력이 출중한 것은 아니지만 성실하고 마음 넓은 남편이었다.

당시의 나는 여러모로 실의에 빠진 모습으로 아내에게 비춰진 것이 사실이고 그래서 나는 아내의 동의를 얻어 나만의 무언가를 가질 수도 있겠다는 생각이 들었다. 뭐 가령 나만을 위한 여분의 돈을 꼬박꼬박 넣는 통장 같은 것 말이다. 얼마간의 지루한 표정 연기가 지나갔고 아내는 무척이나 고단한 내 모습에 상심의 나날을 보내야 했다. 집에 있을 때 말이 없어졌으며 밥숟가락도 곧 놓기 일쑤였다. 정말 천연덕스러운 연기였지만 대단히 수고스러웠던 그 노력은 결실을 얻었다. 어느 날 나는 베란다에 바깥 풍경을 바라보며 한숨을 쉬고 있었다. 쪼르륵 아내가 곁에 왔다. 무슨 말이 필요한가? 나는 잠시 더 어두운 야경을 바라봤다. 그리고 조그맣게 이야기했다.

"나 내 이름으로 된 통장 하나만 만들면 안 될까? 당신을 위해서도 아이를 위해서도 아니라 나만을 위한…… 그게 인생에 있어 가장 중요한 것은 아니지만, 다른 사람들 앞에서 돈 때문에 구차한 느낌을 갖게 된다는 게 마음이 편하질 않아."

이런 식의 정공법에 의외로 아내는 동의했다. 거짓말이 아니라 정말 그것은 나를 위한 돈이었다. 이제 나는 편하게 그녀를 만난다. 다른 살림을 차리는 것도 아니고 매일 만나서 사랑을 속삭일 만큼 철부지도 아니다. 그리고 이 데이트를 위한 아내가 내 이름으로 만들어 준 통장도 있다. 벌써 2년이 지났지만 그 이후로 한 번도 아내는 이 통장의 용도나 내역을 묻지 않았다. 나는 더 성실하게 열심히 살고 있으니까!

_ 33세, 남, 회사원(경기도 안양 거주)

알리바이 <u>이렇게 만들어라</u>

조선팔도의 귀신을 다 부린다는 어느 유명한 무당의 신통력도 별것 아니었다. 그 도통한 무당이 털어놓은 사업 비밀은 이랬다.

"아이구! 서방놈한테 붙은 계집 귀신 떼려고 왔구먼!"

입학이나 새 정부 들어서서 하는 인사철만 빼고 40세 내외의 여자가 오면 이렇게 검사 결과를 미리 발표해 버리면 뒤로 자빠질 듯 놀란다고 한다. "어떻게 하면 현장을 잡을 수 있을까요?"라는 질문이 뒤따를 테고, 처방도 간단하다. "완벽한 알리바이는 없어. 추궁에 추궁을 하면 귀찮아서라도 실토를 하게 돼 있어." 이게 전부란다.

점쟁이들 덕에 한국의 여인네들도 아주 총명한 탐정이 되어 있다. 그런데 아직도 자기 마누라는 자기 말에 다 속는 우둔한 여자로 아는 남자들이 많다.

바람피우는 사실을 들키지 않으려고 온갖 노력을 다하는

사람들도 많이 있고, 어떤 사람들은 합리적인 알리바이를 생각해 내기도 한다. 그런데 정말 바보에게나 통할 그런 속셈이 다 들여다보이는 핑곗거리를 늘어놓는 것을 보게 된다. 어찌 보면 외계인과 만나서 당구를 치고 왔다고 해도 자신의 말을 배우자가 믿을 것이라고 확신하는 사람들도 있는 것 같다. 아니라면 다음과 같은 얘기들을 달리 해명할 도리가 없으니까.

- 텔레비전 소리가 뚜렷하게 들리는데도, 매주 부인에게 휴대폰으로 전화를 해서 고속도로에 길이 엄청나게 막힌다고 둘러대는 한 남편이 있었다. 거기에서 끝나는 것이 아니라, 바로 그 고속도로가 차선 보수 공사로 차단되었다는 사실을 부인은 뉴스를 통해 알고 있는데도 남편은 마치 자신이 아스팔트 까는 기계의 기사라도 된 양 교통 체증으로 발이 묶였다고 거짓말을 했다.

- 전화기 송화기 쪽을 아무리 막는다 해도 바람 소리, 파도 소리, 갈매기 소리는 상대에게 전달이 되고 만다. 그런데도 지금 상가(喪家)에 있다는 사람이 있다.

- 어떤 여자는 백화점 문화 센터에서 매주 특정 요일 밤에 '심야 여행자 모임'이 있다고 남편에게 얘기를 했다고 한다. 얼

마 후 이 문화 센터에 그런 강좌가 폐강이 된 내용이 든 광고 전단이 신문에 끼워져 배달되어 왔는데도 부인은 계속 그곳에서 정기적으로 모임이 있다고 말했다. 백화점 문화 센터 강좌가 없다는 것을 광고 전단을 부인보다 남편이 먼저 봤던 것이다. 문화 센터에서 절대 폐강이 되지 않은 주부 대상 강좌는 '구지윤의 노래 교실', '서수남 노래 교실' 등인데 심야에 하지 않는다는 흠이 있다.

• 마지막으로 가장 황당무계한 예를 들어 보면, 한 회사의 창립 기념일에 애인과 즐기고도 출근을 했다고 말한 회사원이 동료 직원에게 집으로 전화가 와서 들통난 경우이다. 휴대폰을 꺼 뒀더니 동료가 집으로 전화를 걸었던 것이다.

"거짓말은 오래 못 간다."는 속담에 대해서 여태 진지하게 생각해 본 적이 없다면 지금이라도 진지하게 생각해 볼 때가 되었다. 배우자가 쉽게 조사해 볼 수 있고 반증을 들고 나올 수 있는 모든 핑계는 의심과 감시를 불러온다. 감시를 당한다는 것은 언젠가는 들킨다는 것을 뜻한다는 말이다. 바람을 피우는 일에 있어 어떤 알리바이가, 특히 누가 알리바이를 증명하는 데 도움을 줄 것인지 다음 세 가지 노하우를 잘 읽어 보시길.

비서나 여직원, 가장 친한 친구에 이르기까지, 누가 어째서 알리바이 성립에 부적합 또는 가장 적합한가

비서가 예쁘고 상냥하다면 더할 나위가 없지만 뭐니뭐니 해도 눈치가 빨라야 한다. 도움을 주러 온 사람이 왔을 때는 당신이 사무실에 없어도 "지금 안 계시지만 계신 것이나 다름없습니다." 이렇게 말해야 하고, 당신이 만나서는 곤란한 사람은 있어도 "지금 계시지만 안 계신 것이나 다름없습니다."라는 재치 있는 말을 할 줄 알아야 한다.

비서는 업무 능력도 뛰어나야 하지만 바람을 피우며 사업을 해야 하는 당신에게 늘 완벽한 알리바이를 증명하는 데 적합한 사람이어야 한다.

만일 배우자가 회사로 전화해서 당신의 행방에 대해 물었는데, 비서가 "댁에 안 계신가요? 몸이 불편해서 일찍 들어가신다고 하면서 가셨는데요?"라고 대답한다면, 뭐가 되겠는가?

당신이 집에 없으니 당신의 배우자가 회사로 전화를 걸었는데, 이 무슨 무식한 순진함이란 말인가? 당신이 '아프다'고 꾸며댄 것이 어떤 화를 가져올지는 명백한 일이다.

비서에게 당신의 일정을 주입시키면 훌륭하게 알리바이를 증명해 줄 수 있다. 어떻게 하면 될까?

이렇게 하면 비서가 뜻하지 않은 협력자가 된다

물론 비서랑 바람을 피우면 여러 모로 이익이 많다. 그러나 비서가 예쁘다면 당신보다 좀더 멋지고 젊은 애인이 있을 것이니 헛물켜지 말고 지금의 애인에게나 충실할 일이다.

바람피울 시간도 벌고, 뜻하지 않게 비서를 협력자로 만들 수 있는지는 다음 몇 가지 이해하기 쉬운 각본으로 설명하겠다.

• '야근' 시간에 외도하러 가기 _ 퇴근 후에 외도를 하고 싶지만, 어떻게 하면 당신보다 먼저 퇴근한 여비서를 증인으로 세울 수 있을까? 아주 간단하다. 메모지에 다음과 같은 글을 써서 그녀의 책상 위에 남겨 둔다.

"미스 김! 핸드폰이 되지 않아 메모를 남김. 내일 아침에 조금 늦게 출근할 수도 있음. 잔무를 정리하다가 늦었음. 밤 11시 12분." 비서와 당신의 배우자가 대면을 하게 되는 일이 있어도 메모지 한 장만으로 당신이 야근했다는 확인을 해준다.

• '사내 행사' 가 있는 날 외도하러 가기 _ '행사' 가 있기 며칠 전쯤에 그런 곳에 초대되지 않을 군번의 여자 직원에게 지나

가듯 슬쩍 물어본다. "이번 주 토요일에 열리는 대리점 점장 파티에 미스 최도 초대받았지요? 아니라고요? 나만 가게 돼서 섭섭하네요!" 그녀가 관심 없어해하는 행사일망정 이렇게 물어 보면 여직원은 당신이 그날 그 행사에 참석하는 걸로 알고 날짜도 기억하게 된다.

- '상담' 시간에 외도하러 가기 _ 회사 전화를 주로 받는 직원에게 시켜서 일정표에 장소만 빼고, 당신이 자리를 비워야 하는 날짜와 시간을 적어 두게 한다. 이 시간대에 배우자가 전화를 하면 그 직원은 "아, 몇 시까지 고객과 상담이 있어서 핸드폰도 안 될 텐데요, 전할 말씀이 있으세요?"라고 대답할 것이다.

- '거래처 방문' 시간에 외도하러 가기 _ 당신이 외근 중인 것을 다른 직원이나 상사들이 확인해 줄 수 있게 이 날짜도 일정표에 적어 두게 한다.

- '출장 외도' 하러 가기 _ 집의 배우자에게는 '교육' 이나 '세미나' '전시회 참관' 등으로 여러 날 지방에 가야 한다고 말한다. 밤에 전화를 하겠지만 낮엔 일체의 휴대 전화가 안 된다고 미리 얘기를 한다.
회사에서는 대담하게 정식 휴가를 낸다. 사장 비서나 전화

당번 여직원에게는 미리 이렇게 말해 놓는다. "(작은 목소리) 휴가지만(큰 목소리) 사실 교육받으러 갑니다! (더 크게) 출장인 셈이죠!!"

사람은 그 사람의 말 중에서 평상시보다 큰 목소리를 기억하는 습성이 있다. 배우자가 설령 회사로 문의 전화를 해도 전화를 받은 직원은 '휴가'를 냈다는 생각은 사라지고 '교육'과 '출장'이라는 이미지만 기억에 남게 된다. 설사 엉뚱한 직원이 전화를 받는 참극이 생겨서 당신이 휴가를 냈다는 말을 한다 해도 그다지 나쁘지 않다. 나중에 배우자가 그 일로 따지고 들면 이런 유형의 교육은 회사에서 경비를 한 푼도 지원해 주지 않는다고 말한다. 그리고 한술 더 떠서 "경쟁 회사 전환 줄 알고 아마 특수 교육 사실을 숨기고 휴가라고 했을 거야."라고 시치미를 뗀다.

사실 우리나라에서 인성 개발을 위한 '세미나' 또는 '전시회 참관'은 휴가를 겸해 강제로 시키는 곳도 많다.

당신의 거짓 알리바이를 입증해 줄 적합한 사람이 딱 한 사람 더 있다. 가장 친한 남자(여자) 친구는 - 정말 이런 호칭을 들을 자격이 있는 사람이라면 - 당신이 원하는 대로 모든 것을 확인시켜 줄 수 있다. 이런 사람들에게도 분명히 배제해야 할 기준이 있긴 하다.

다음 이유들이 있다면 가장 친한 남자(여자) 친구도

알리바이를 입증해 줄 상대로 적합하지 않다

세상일과 사람을 모두 믿는 자세도 좋지만 때때로 약간 불신을 해보는 것도 도움이 된다. 그러므로 지금의 시각으로는 어쩌면 터무니없다고 여겨지더라도 다음 가상 상황을 한번 생각해 보라. 내일 일을 누가 알겠는가?

• 상황 1 _ 가장 친한 남자(여자) 친구와 당신의 배우자가 아주 친하게 지내는 사이다. 대부분의 경우 그런 사람은 표정에 나타날 정도로 양심에 가책을 느낀다. 언젠가는 내적 갈등을 견뎌 내지 못하고 당신의 배우자에게 모든 것을 털어놔 버릴 지도 모른다. 당신의 신상에 변화가 온 것을 배우자가 눈치 챘을 경우에는 특히 더 그렇다.

• 상황 2 _ 가장 친한 남자(여자) 친구가 기혼인데, 그 친구는 당신과 달리 배우자 몰래 바람을 피우지 않는다. 이런 경우 에도 서로 간의 의리를 지키라고 할 수 없기 때문에 알리바 이를 입증해 줄 상대로는 적합하지 않다. 가장 친한 친구가

바람을 피우는 경우에는 비밀이 누설되면 자신도 난처한 입장에 처할 위험이 크므로 괜찮다. 물귀신 작전으로 함께 바람을 피우면 더 좋다.

- 상황 3 _ 친구와의 우정은 처음에 돌에 새기지만 나중엔 모래에 새겨지고 만다. 뭐든 영원하기는 어렵다는 점을 감안해서, 어쨌든 전략적으로 신중하게 생각해야 한다. 어떤 이유에서건 만일 우정에 금이 갔다면 어떤 일이 생길까? 여전히 의리를 잘 지킬 수 있을까?

우정이 깨진 것과 달리 내 일을 발설할 리 없다고 확신하지 마라! 우리가 들은 바에 의하면 바람을 피우던 한 남자와 그의 가장 친구 한 명이 함께 회사를 동업할 계획을 세우고 사업자 등록 신고를 하는 과정에서 소유 관계와 특허권 문제로 심한 싸움을 하게 되었단다. 친구는 발명품 소유권을 둘러싼 법정 공방전으로 인해 속았다는 생각이 들어 바람둥이 친구에게 절교를 선언했다. 얼마 후 바람둥이 친구의 부인은 남편이 몇 년째 몰래 바람을 피운 사실을 알게 되었다.
그 친구가 밀고자였던 것이다. 사람은 이렇게 남의 약점을 악용하는 치사한 동물이다.

그러므로 가장 친한 남자 친구나 여자 친구라도 기혼인 상태에서 배우자 몰래 바람을 피우고 있는 사람만 알리바이를 입증해 줄 대상으로 끌어 들여야 한다고 간단히 요약할 수 있다. 그래야 친구와 당신은 오월동주(吳越同舟) 신세이고, 만일 친구가 비밀을 누설하려 할 때 내놓을 히든 카드를 쥐고 있게 되는 것이다.

• 요점 정리 _ 친구에게 자녀 수가 많고, 자녀와의 사이가 좋을수록, 그리고 그도 이혼할 경우에 경제적 손실이 많아질수록, 그나 나나 불륜 행위가 매우 중대한 사항일수록, 당신과 함께 알리바이를 할 믿을 만한 친구라고 할 수 있다. 하지만 이런 일에는 사실 완전히 믿고 안심할 수 있는 친구란 없으며, 비록 20년 동안 사귀어 온 친구라 해도 사람 속은 들여다볼 수가 없다! 결국 친구에게 바람피우는 현장을 들켰다면 그도 바람을 피우게 만들어 얼른 같은 배를 타게 하고, 들키지 않았다면 괜한 자랑은 하지 말 일이다.

알리바이 에이전시

독일에는 소위 '알리바이 에이전시'라는 사업 사이트가 있다. 상당한 비용이 들긴 하지만 위험 부담이 없는 대체 방법을 제공하고 있어 이용자가 제법 있다. 참고로 한 알리바이 에이전시를 소개하고 어떤 일을 하는지 알아본다.

이 책을 읽는 독자 중에서 이런 사업을 해도 무방하다고 생각한다. 아니면 우선 독일 사람들의 용의주도함에서 뭔가를 배워 응용하시기 바란다.

사이트 이름 'a-westworld.de'

베를린에 있는 이 에이전시는 다양한 아이디어뿐만 아니라, 일정 기간 동안 의뢰자의 알리바이를 증명해 주는 서비스를 제공한다. 예를 들면 이런것이다.

- 고객이 선택한 도시에서 열리는 2박 3일간의 동창회 모임 초대장 등을 우송한다.
- 1인에 한한 단기 여행 당첨권(마찬가지로 고객이 선택한 도시)과 전문적인 테그닉으로 제작한 해당 당첨 통지서를 고객의

집으로 우송해 준다. 가짜라는 생각은 꿈에도 들지 않는다.

물론 고객은 다음 기회를 위하여 여러 가지 행사나 다양한 프로그램 중에서 선택할 수 있다. 우편물이나 당첨 통지서 등은 고객이 선택한 도시의 우체국 소인을 찍어 보낸다. 완벽하다. 이러한 알리바이 서비스 비용은 40유로이니 우리 돈 6만 원 정도다.

고객이 저녁 혹은 주말에 애인과 만나길 원하면 배우자의 전화를 대신 받아 주는 알리바이 전화 서비스는 여성과 남성의 음성 중에서 미리 선택할 수 있고, 매끄럽게 전화를 받아 주며 배우자가 전화 번호를 추적할 수 없게 번호 표시가 제한되어 있다. 고객의 배우자가 전화를 걸면 업무상 급한 볼일로 또는 잘 아는 사람이 찾아와서 외출했다고 전해 주든가 상황에 따라 적절한 이유를 대준다. 이 알리바이 전화 서비스 요금은 20유로이니 우리 돈 3만 원 정도다.

우리나라에서도 누군가 애인과 장기간 휴가를 보낼 수 있게 알선하고 전문적으로 알리바이를 입증해 주는 서비스 업체를 하나 만들 수 있을 것이다. 아주 혁신적인 아이디어가 되지 않겠는가?

추적 불가능한 예약 등으로 근무 시간 중 알리바이 만들기

직업상 외부 근무가 많거나, 외부 약속까지 포함된 일과를
스스로 정할 수 있는 중역이 아니라면 동료들과 사장에게 자
주 자리를 비우는 이유에 대해 설명하기 어려운 것이 직장인
의 처지다. 병원의 신체 검사, 자동차 검사, 집안 이사, 집안
경조사 등과 같은 자리를 비워도 인정받을 수 있는 핑곗거리
는 틀림없이 많이 있다.

문제는 애인과 즐거운 시간을 갖기 위해서 이러한 핑계를
자주 써서는 안 된다는 점에 있다. 병원은 아마 반 년에 한
번, 치과도 몇 개월에 한 번, 자동차 검사소는 2년에 한 번이
나 통하지만 그나마 요즘은 차주가 아닌 대행 업체가 있어
이 일로도 빠져나가기 쉽지 않다. 그래서 많은 핑곗거리를
시험해 보았지만, 가장 확실하게 먹혀 들어가는 핑계는 의사
도 정확히 진단을 내릴 수 없지만 치료를 정기적으로 많이
받아야 하는 통증 치료 단 한 가지뿐이었다. 가족이 죽었다
면 확실하지만 그것은 도의적으로 잔인한 짓이 되고 죽을 사
람도 한정돼 있다.

자리를 비우는 이유를 의사가 증명해 주는 완벽한 알리바이

아래의 방법으로는 근무 시간 중 일 주일에 최소한 두 번 자리를 비울 수 있다.

근무 시간 외에 정형외과를 찾아가서 아주 찌푸린 채 목덜미와 등 아래 부분이 심하게 아프다고 말한다. 정형외과 의사는 환자 말을 그대로 믿을 수밖에 없다. 일만 하느라 운동을 할 시간이 거의 없고, 책상에 늘 긴장된 상태로 앉아 있다거나, 육체적으로 고된 일을 한다고 의사에게 얘기한다.

의사는 당신에게 물리 치료, 레이저 치료, 또는 사우나 찜질을 하라고 권한다. 수영을 권하는 의사도 많다.

당신은 그날부터 나이롱 환자가 된다. 경우에 따라서는 꾀병이 진짜 병이 되는 '행운' 을 주기도 한다. 일 주일에 한두 번 낮 시간대에 치료 예약을 한다. 보통 한 달이나 두 달에 걸쳐 치료를 받도록 처방을 써 준다. 저녁 시간엔 예약을 하지 말아야 한다. 병원에는 회화 학원에 나가야 한다고 말하고 회사에는 병원 사정상 저녁 시간이 안 된다고 한다. 배우자와 사장이 물어 보면 치료 예약 일정표(병원에서 그런 서류를 발급하지 않지만 하나 써 달라고 조른다)를 보여 준다.

그밖에도 수영장 회원권을 친구에게서 빌린다. 사진이나 이름은 친구의 것이어도 무방하다. 장기 이용한 친구 명의로 해야 싸고 가입이 쉬워 그렇게 했다고 둘러댄다.

수영강습, 헬스클럽 등을 핑계로 한 퇴근 후 알리바이 만들기

회사일 그러니까 본업에도 충실하고 외도에도 충실하려면 퇴근 후에 바람을 피우는 일일 것이다. 그러나 저녁 시간은 배우자가 당신을 기다리고 있기 때문에 훨씬 의심을 많이 하게 되고, 낮 시간보다 더 많은 의혹을 살 게 뻔하다. 그러므로 첫 번째 노하우는 생활 습관에 변화를 주어야 하는 방법과 관련되어 있다.

이렇게 하면 퇴근 후에 '자유로운' 저녁 시간을 갖게 된다

당신은 평소에 퇴근을 하면 칼같이 착실하게 집으로 돌아가는 편이었는데, 갑자기 일 주일에 5일간이나 새벽 2시가 되어서야 귀가한다면, 배우자는 굉장히 당황해할 것이다. 갑작스러운 생활 습관의 변화는 모든 배우자들을 의심하게 만들고, 변화의 정도가 심각할수록 의심도 더 많이 사게 되는 것은 불문가지이다. 그러니까 당신이 새로 시도하려는 일에 배우자가 마음의 준비를 할 시간을 가질 수 있게 조심스럽게 준비하라는 것이다.

• 스포츠 활동 _ 내과 의사를 찾아가서 천식이 점점 심해지고

몸에 기운이 빠진다고 말하라. 그러면 의사는 물론 치료 요법으로 약물 복용과 운동을 권할 것이다. 의사의 말을 배우자에게 전하고, 이제부터라도 일 주일에 몇 번 수영하러 가고, 지구력과 좋은 컨디션을 위해 헬스 클럽에도 가겠다고 말하라. 사람은 누구나 어디가 좀 약한 지병이 있다. 그런 병을 대면 의사는 운동 요법을 병행해 권하게 되어 있다.

• 어학 교육 또는 사회 활동(After-Work-Party) _ 배우자에게 고객과 더 나은 인간적 유대 관계를 맺는 것이 회사의 방침이며, 승진을 위해서는 영어나 독어도 익혀야 하기에 저녁 시간마다 고객과 함께 하는, 또는 혼자 어학 교육을 받아야 한다고 진지하게 선언한다. 실제로 처음 행동으로 옮길 날이 코앞에 닥치기 전까지는 3주일 또는 더 오랫동안은 더 이상 그 일에 대해 언급하지 마라. 그런 다음 배우자에게 말해도 된다. "내가 지난 달에 고객과의 유대 관계 개선 문제로 얘기한 것 아직 기억하고 있지? 다음 주에 고객들과 함께 특별한 미팅을 갖기로 했어. 3일 걸려!" 갑자기 내일 저녁에 행사에 간다고 말하는 것보다는, 오래 전에 미리 얘기해 놓으면 배우자가 의심을 훨씬 덜하게 된다.

일 주일에 하루 또는 며칠 저녁을 자유롭게 지낼 기회를 마련해 놓았다면, 당신은 얼마 후에 애인과 맘껏 이 시간을 즐길 수 있다. 배우자에게 스포츠 활동을 한다고 말했으면 다음과 같이 후속 조치가 있어야 한다. 앞서 말한 알리바이 조작법이다.

우선 진짜 스포츠를, 그 다음엔 '베드 스포츠'를 한다

운동을 한다는 사람이 정액만 매일 쏟아 계속 말라가기만 하면 안 된다. 스포츠를 할 경우에는 일정한 순서를 밟는 것이 선행되어야 한다. 배우자가 믿을 만한 증거를 만드는 것은 그리 어렵지 않다.

- 골프 연습장 알리바이 _ 애인과 만나기 전에 프런트에서 타석을 배정받는다. 안내 프런트에 있는 여직원에게 특별한 볼펜이나 핸드폰 줄 등을 선물해 당신을 기억할 수 있도록 해 둔다. 타석에 들러 앞뒤 사람의 얼굴만 본 다음 바로 나가서 애인을 만나서 멋진 섹스를 한다! 다시 골프 연습장에 와서 클럽을 락카에 넣어 둔다.

- 헬스 클럽 알리바이 _ 헬스 클럽에 프런트에 와서 열쇠를 받는다. 락카 번호를 특별한 것으로 달라고 하거나 여직원에게 새로 나온 막무가내 개그를 하나 해서 강한 인상의 기억을

심는다. 헬스 클럽 가까운 곳의 호텔에 가서 애인과 뜨거운 시간을 보낸다. 헬스 클럽에 다시 들러 상쾌하게 샤워를 한 다음, 운동 후에 누구나 그렇게 하듯이 가볍게 콧노래를 부르며 집으로 돌아가는 것이다.

이 방법의 장점은 배우자가 헬스 클럽에 전화를 한다고 해도 당신이 옷장 열쇠를 실제로 가져갔기 때문에 그 안에 있다고 확인해 줄 수 있다!

• 수영장 알리바이 _ 수영장에 가서 그곳에 놓여 있는 팸플릿, 강습 일정표나 셔틀 버스 운행 시간표 등을 집어 온다.

애인을 만나서 멋진 섹스를 하라! 아파트나 호텔방을 나서기 전에 수영복을 물에 적신 다음, 준비해 간 수건으로 물기를 짜내는 것을 잊지 말아야 한다. 집에 도착하면 내친 김에 수영장에서 가져온 팸플릿을 탁자 위에 올려 놓고 젖은 수영복을 꺼내 놓는다. 가끔씩은 배우자에게 보여 줄 수 있게 팸플릿 대신 실제로 입장권을 사라. 가장 싼 입장권이면 충분하다. 제발 매번 다른 팸플릿을 가져가라!

배우자에게 영화관이나 파티에 간다고 말했으면 다음과 같이 하면 된다.

영화 구경을 핑계로 한 외도

늘 운동만 할 수는 없다. 가끔씩 다음의 대체 방법을 활용해도 좋다. 동호회 회원들과 영화를 보기로 했다고 할 경우다.

- 영화관 알리바이 _ 애인을 만나 밀회를 즐기기 전에 영화관에 가서 저녁 상영 표를 한 장 구입한다. 표를 사용한 것처럼 보이게 점선을 따라 자른다.

약속 장소에 가서 즐거운 섹스에 몰입한다. 그 다음엔 술집에 들러 술을 한 잔 마신다. 왜냐하면 영화관에선 샤워 후의 상쾌한 냄새가 아니라 담배 냄새가 나니까.

어느 영화관에서 어떤 영화를 볼 건지 배우자에게 미리 말하지 말아야 한다. "동호회 회장이 정해서 전화가 오니까 잘 몰라! 우린 그때 그때 정하거든."이라고 한다. 이따금씩 다른 영화관에 가라. 영화 줄거리를 최소한 어느 정도 들려 줄 수 있게 대비해야 안전하다. 미리 봐 둔 영화면 좋으나 그러지 않으면 인터넷 검색을 해서 내용을 파악하든가, 잡지에 실려 있는 영화 평론을 충분히 익혀야 한다.

진정한 알리바이는 평소 습관에서 나온다

알리바이는 그냥 만들어지는 게 아니다. 알리바이의 제1요건은 내가 평소에 하던 습관이나 행동, 일과 관련되어야 하는 것이다. 그리고 배우자가 잘 아는 것이어야 한다.

나는 조그만 회사의 사장이고 마흔세 살이다. 술자리에서 사람들과 얘기하는 것을 좋아하는 까닭에 다른 사람들에 비해 술자리가 늦게 끝나는 편이다. 하지만 5시, 6시에 자리가 마무리된다고 해도 외박은 안 하는 것이 내 철칙이다. 기어서라도 집에 들어가 잠을 자는 것이 내 오랜 전통인데, 그걸 깨야만 하는 상황이 몇 번 있었다.

와이프만을 바라보고 사는 순정남이 아닌 한 이 나이 먹도록 다른 여자와 썸씽이 없었다는 건 거짓말일테고, 가끔씩 한두 번 만나서 잠자리를 같이 하는 관계가 있긴 했다. 대신 한 사람과의 관계가 지속되는 일은 절대 없도록 했고, 잠자리를 한다고 해도 적당한 시간이 되면 자리를 털고 집으로 들어가곤 했다. 하지만 너무나 괜찮은 파트너를 만나게 되는 아주 드문 행운을 잡았을 경우, 내 원칙을 수정한 적이 있나. 많지도 않다. 딱 두 번이다.

그때 아내에게 써 먹은 알리바이는 이런 것이었다.

내가 살던 곳은 산을 통째로 깎아 새로 만든 아파트 단지였다. 우리 집은 그 맨 꼭대기에 자리 잡은 동이었는데, 갑작스런 술약속이 잡히게 되면, 일단 집에다 차를 갖다 놓고, 택시를 이용해 약속 장소에 가곤 했다. 이럴 경우, 보통 급한 마음에 차를 내가 사는 동 앞이 아니라, 아파트 단지 입구에 대충 세워 놓았다.

거나한 술자리가 끝나고…….

터덜터덜 집으로 향하다 보면 다리는 무겁고 최대한 가까운 곳에 몸을 뉘이고 싶은 게 취한 사람의 일반적인 심리인데, 꼭대기에 있는 동까지 걸어가기가 너무도 귀찮은 경우, 아파트 단지 입구에 세워 둔 차 속에 들어가 아침까지 잠을 자곤 했다. 자주라고는 할 수 없지만, 수년 동안 대 여섯 번 그런 일이 있었고, 고맙게도 그 중 두어 번은 우리 동 경비 아저씨가 새벽에 차 속에서 자고 있는 나를 보고선 와이프에게 "사장님은 아파트 입구 차 안에서 주무시고 있으니깐 걱정말라."는 메시지까지 전해 주었던 것이다. 술 좋아하는 남편에게 집에 좀 일찍 들어오라는 잔소리가 씨알도 안 먹힌다는 걸 안 건 이미 오래 전 얘기고, 그나마 외박 안 하고 꼬박꼬박 집에 들어와 잠을 자주는 것만으로도 다행으로 알던 와이프인지라, 아침까지 내 모습이 안 보이면, 으레 또 차 속에서 자나 보다 했다.

이런 내 만취 후 잠버릇을 아는 와이프의 방심과 신뢰를 거꾸로 이용해, 난 딱 두 번 호텔방에서 멋진 그녀와 아침을 맞았다.

_ 43세, 남, 사장(서울 강남구 거주)

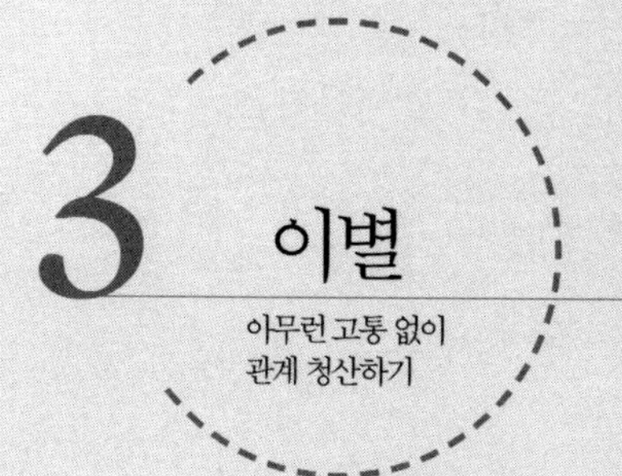

3
이별
아무런 고통 없이
관계 청산하기

_______________ 외도의 즐거움은 미지의 숲을 헤치는 탐험에 있지만 더 큰 즐거움은 그 숲에서 빠져나와 또 다른 곳을 개척하는 것에 있다.

만남보다는 헤어짐이 더 중요한 것이 외도의 법칙이라면 법칙이다. 남자의 일방적 탐욕으로 외도를 끝내고 싶어하는 시점에 왔다 하자. 그 여자를 버리기는 그다지 어렵지 않다. 이 방법은 출판사 붐붐하우스에서 낸 실용서 『여자 사용설명서』 24~25쪽에 잘 나와 있다. 여기에 상당 부분 인용해 보겠다.

우선 외도를 즐기던 여자의 태도와 육체가 이런 변화를 보이기 시작하면 그 여자를 폐기할 것을 고려해 봐야 한다고 했다.

· **태도**

_ 잇몸을 드러내고 바보처럼 웃는다.

_ 질투한다.

_ 나의 친구들을 위해 배려할 줄을 모른다.

_ 툭하면 폭력을 휘두른다.

_ 돈 씀씀이가 갈수록 헤퍼진다.

_ 섹스에 대해 지나친 집착을 갖는다.

_ 흥분하면 악취를 풍긴다.

_ 회사로 자주 전화를 건다.

_ 함께 죽자고 한다.

· 육체

_ 손등에 혈관이 불거진다.

_ 피부가 늘어지고 탄력을 잃는다.

_ 유방이 늘어진다.

_ 머리카락이 푸석푸석하다.

_ 볕에 그을린 피부가 좀처럼 처음 상태로 돌아오지 않는다.

_ 배에 지방이 붙어 삼겹살이 된다.

_ 눈꼬리의 주름이 눈에 띈다.

_ 툭하면 눈물을 흘린다.

_ 자주 임신한다.

그밖에도 자연스럽게 헤어짐의 시점은 오기 마련이다.

사람의 하루하루는 모른다. 언젠가는 경제적으로 형편이 점점 나빠져서 어쩌면 배우자가 점점 더 의심을 하기 때문에, 혹은 당신의 직장 상사가 더 이상 당신의 근무 성과에 만족하지 않아서 외도를 끝내는 것이 바람직하다고 느끼는 시점이 올 수 있는 것이다.

다만 뭐라고 말을 꺼내고, 어디를 이별의 장소로 정하고, 언제가 이별하기에 옳은 시점일지에 대해서는 갈등이 클 것이다.

당신의 애인이 어떤 반응을 나타낼지 걱정되는 것이 사실일 것이다. "눈물을 한강물 이상으로 흘려 나를 곤란케 만들지는 않을까? 분노로 복수의 칼을 갈지는 않을까?"

그러나 이런 생각에 괴로워하면 영영 이별의 시점을 놓치게 된다는 것을 알아야 한다. 이에 외도라는 '열정'의 이름을 다른 낭만적인 것으로 바꿔야 한다는 말이다.

헤어짐이 깨끗하면 잘 닦인 창처럼 아름답다. 그러나 순간의 판단이 그르쳐 그 창에 머리를 찧게 되면 당신의 외도는 '그저 초라하고 비참한 연애'로 전락하고 만다.

자, 이별의 순간에 크게 호흡을 가다듬어라. 바로 이 순간에 냉정을 잃지 않아야 하고 성급하게 굴어서도 안 된다.

당신의 사생활을 싸움터로 연상케 하고 싶지 않고, 출셋길이 막힐까 걱정하고 싶지 않으면, 어떻게, 어디서, 어떤 말을 해야 할지는 인생이 걸린 중요한 문제다. 그러므로 사실은 아주 간단한 이 말, "우리 사이는 끝났어!"라고 하는 말을 입밖에 내기 전에 준비를 잘하면 된다.

당신은 지금까지의 외도 상대에 대해 잘 알고 있거나 알고 있다고 믿고 있다. 그것이 맞다. 즉 당신은 상대가 가슴으로 결정하는 감정이 풍부한 사람인지, 아니면 언제나 이성적으로 행동하는 합리적인 사람인지 잘 알고 있다는 말이다.

사람별로 이별법은 이런 차이를 둬야 한다.

감정이 풍부한 애인

　만일 당신이 매우 감정이 풍부한 상대와 이별을 하게 되면, 이제 당신이 처음에 상대에게서 매력적으로 느꼈던 모든 것이 위험한 문젯거리가 되고 만다. 감정이 풍부한 사람과 이별을 하는 일에는 일반적으로 강한 감정은 아니더라도 스스로 감정을 투자해야만 이루어진다.

　신비롭고 낭만 가득하고, 애정이 가득한 사랑의 표현, 장밋빛 구름으로 온통 뒤덮였던 아무 근심 없던 날들에 둘만의 아름다운 추억들이 지독한 고통이 되고 만다. 슬프게도 당신은 지독하게 고통스러운 이별을 준비해야만 한다. 옛 애인은 당신과 함께 했던 시간에 있었던 일들을 한 가지씩 생각해 내고, 당신이 얼마나 변했는지 비교해 본다. 당신은 이렇게 부드럽고, 착하고, 사랑스러운 사람을 적으로 만들지 않도록 아주 조심스럽게 대처해야 한다. 원래 순하고 착한 사람이 한번 마음이 변하면 죽은 화산이 불을 품듯 무슨 일을 벌일지 모를 일이니까.

감정이 풍부한 사람과 사귀다가 헤어지는 방법

감성적인 상대와 사귀다가 헤어질 때에는 다음의 원칙을 꼭 지켜라.

- 이런 감정파들은 새로운 상황에 적응할 시간이 필요하므로, 연애 중반기쯤 되는 기간부터 헤어질 계획을 세워라. 이런 일은 결코 하루아침에 되는 일이 아니다.
- 처음에는 매주 만나던 것을 차츰 간격을 두고 만나라.
- E-메일, 문자 메시지, 전화에 가끔씩만 응답하라.
- 계속 사랑스럽고 자상하게 대하라.
- 인생에서 어려운 고비에 처해 있고, 무엇이 옳고 그른지 더 이상 모르겠고, 모든 것이 뒤죽박죽이라고 말하라.
- 동정심과 이해심을 불러일으킬 말과 행동을 자주 하라.
- 로맨틱한 상황을 연출하지 말고, 애무는 물론 전희를 생략한 과격한 섹스를 하라.
- 양심의 가책을 느끼고, 자신이 초라하게 여겨진다고 말하라.
- 당신 자신을 자주 비판하되, 애인을 비판하지는 마라.
- 애인에게 당신보디 디 좋은 사람을 만나야 한다고 말한다.

- 당신이 그(그녀)에게 최고가 되고 싶었다는 느낌을 말하라.
- 배우자와는 하늘과 땅이 만나도 이혼 불가라는 사실을 말하라. 그녀(배우자)가 암을 앓고 있다고 말하는 건강 핑계가 좋다. 또는 결혼 때 장인이 취직자리를 얻어줘서(다른 은혜를 입어서), 자녀 때문에, 사회적인 주변 환경 때문에, 사회적 지위 때문에, 기타 등등으로 이혼 불가를 자주 말하라.
- 집에서 만나는 것을 줄여 거리감을 서서히 갖게 만들어라.
- 애인에게 '끝' 이란 말을 할 때는 절대로 애인의 집이 아닌 조용한 곳을 선택하라.
- 마지막 키스니, 섹스니 심지어는 포옹도 하지 말고 헤어져라.
- 그냥 감정을 주체할 수 없을 만큼 마음만 아프다고 말하라.
- 마음에 입은 상처는 그렇게 빨리 아물지 않는다. 전화, 편지, E-메일, 전갈에 일체 응하지 말라.

이러다 보면 결국 시간이 흐르고 전화도 뜸해지고 언젠가는 모든 일이 다 해결된다. 이 세상은 당신이 모르는 끔찍한 이별도 아주 참 많다. 당신이 겪은 이별은 이별축에도 끼지 못하는 하찮은 것일 뿐이라고 생각하라.

가장 중요한 사항은, 늘 사랑스럽고 자상하게 대해야 하고, 상대를 병나게 하거나 단지 이용만 했다는 느낌을 주어서는 절대로 안 된다는 것.

옛 애인이 보복을 하지도 않을 것 같고, 주위 사람들이 수군거리지 않을 시간은 길어야 3달이니 90여 일만 참아라.

나쁜 놈(년)이 되는 것은 짧고 실리의 시간은 영원무궁하다. 곧 당신은 사방을 둘러보지 않아도 되고, 두 다리를 뻗고 편히 자도 될 것이다.

이성적인 애인

이런 유형의 사람은 비교적 이별이 쉽다. 짧게 언급하겠다.

이 경우 좋은 것은 당신이 악마가 되지 않아도 된다는 것이다. 상대는 영원한 사랑보다는 여러 모로 유리한, 연애 자체가 중요하다고 생각하는 유형이기 때문이다. 이런 사람은 감정을 폭발시키지 않을 뿐더러, 눈물을 흘린다고 해도 사랑을 거절당했기 때문은 아니다. 상대는 무엇보다도 당신이 자신의 생활에 가져온 변화를 좋아했던 것일 뿐이다. 아마도 당신은 출장에 애인과 동행해서 고급 레스토랑과 호텔로 데리고 다니고, 값비싼 선물을 했을 것이다. 어쩌면 애인에게 자부심을 갖게 해주었을 것이다.

당신은 그래서 당신의 배우자에 대한 승리감을 스스로 맛봤을지도 모른다. 어쨌든 당신은 배우자가 아닌 애인과 시간을 보내는 데 모든 수단을 다 동원했다. 배우자보다는 애인이 더 멋있고, 욕정을 일으키고, 자극을 준 것은 틀림없을 것이다. 이 모든 것이 애인의 자긍심을 높여 주었다.

그러니까 가장 중요한 점은 강한 애인의 자부심에 상처를 입히지 않는 것이다.

이성적인 사람과 사귀다가 헤어지는 방법

이성적인 사람과 사귀다가 헤어질 때에 지킬 원칙.

- 차츰 더 어려운 용어나 정치, 경제, 예술 얘기로 화제를 전환한다.
- 처음에는 매주 만나던 것을 차츰 간격을 두고 만나라.
- 차츰 선물하는 횟수를 줄이다가, 나중엔 아무런 선물도 하지 마라.
- 꽃도 더 이상은 선물하지 마라.
- 물건을 살 때 값을 깎는 옹졸하고 치사함을 보인다.
- 지갑을 두고 나왔다며 애인에게 식사와 차 값 등을 내게 한다.
- 애인에게 멋있고 섹시하다고 칭찬하라.
- 위 항의 다른 표현으로는 '나의 형편없는 주머니 사정으로는 정말로 사귈 자신이 없다!'고 하라.
- 예를 들어, 배우자에 대한 감정적인 의타심, 질병, 갑작스러운 금전적 위기 또는 성기능 문제 등, 상대에게 당신이

매력 없어 보일 정도의 보편 타당한 이유를 한 가지 이상 생각하라.

- 배우자가 의심이 부쩍 늘었는데, 만일 이혼을 당할 경우에는 나는 경제적으로나 정신적으로 큰 타격을 입을 것이고 그대는 법적 문제에 휩싸일 거라는 말로 불안케 만든다. 그런 내용의 영화를 함께 본다.
- 외도가 회사에 알려져 일자리를 잃을지 모르는 위태로운 형편이고 금전적 지출을 줄여야 한다고 말하라.
- 회사가 경비 절감을 이유로 출장비를 최소 한도로 축소했다고 말하라.
- 경영자가 독실한 종교인으로 바뀌어서 '외도'를 큰 죄악이라고 자주 말한다고 한다.
- 당신의 주식이 완전히 밑바닥까지 떨어져서 금전적으로 심한 타격을 입었다고 말하라.

이렇게 빈틈없이 준비를 다 한 다음에는 마지막 전략으로 한술 더 떠서 이렇게 한다.

_ 애인에게 적은 돈에서 차츰 많은 돈을 좀 빌려 달라고 말해서 어리둥절하게 한다.

이상과 같이 말한 모든 것들로 인하여 당신의 매력의 척도는 사정없이 추락하게 된다. 선심을 잘 쓰고 돈 많던 애인이 하루아침에 가난뱅이가 된 것이다. 외도란 무엇인가? 배우자에게는 못 받는 값비싼 선물, 고급 레스토랑과 긴 여행이 있지 않은가? 그것이 없어졌으니 외도가 무슨 의미가 있겠는가?

그 사람은 이제 즐거웠던 행각이 모두 지난 일이 되고 말았다고 탄식을 하게 된다. 애인이 이제 더 이상 당신에게서 무얼 기대할 수 있겠는가? 그러면서도 직설 화법으로 헤어지자고는 말하지 마라. 애인이 스스로 헤어지자고 할 때가 오니 그때까지 침착하게 기다리기만 하면 된다. 애인의 자존심도 건드리지 않았고, 당신이 오히려 가엾은 희생자가 된 셈 아닌가 말이다.

섹스를 밝히는 애인

여자건 남자건 외도의 모든 목적을 성적 충동에만 둔 경우가 많다. 당신이 남자이고 여자랑 만일 함께 비뇨기과에 갈 수만 있다면 이런 사실을 체크해 보시라.

질벽의 주름 수가 90~120개에 이르고(평균 70개), 질의 압력이 60m/mHg에서 100m/mHg(평균은 16~36m/mHg일뿐)이고, 옥문에서 황석어젓갈내음이 아닌 석류향내가 나는 경우, 당신은 명기와 함께 외도를 즐겨온 행운아다. 그러나 빨리 헤어지지 않으면 당신은 결국 죽고 만다.

그런 여자는 섹스가 주된 동기였고, 애인인 당신이 자신의 성적 욕구를 충족시켜 줄 수 있는 사람은 당신뿐이라고 믿고 있었다.

이 경우 먼저 할 일은 감정이 풍부한 애인의 경우와 거의 똑같이 치밀한 준비가 필요하다. 성적 충동, 욕망, 걷잡을 수 없는 애욕으로 당신이 여태 자극적으로 느꼈던 이 모든 것들이 이제는 자업자득이 되고 만다. 상대는 완전히 헤아릴 수 없는 쾌락과 정욕에 사로잡혀 있어서 대화를 하면서 시간을 허비하고 싶은 생각은 추호도 없다. 그러므로 당신은 옷을 입은 상태에서 상대에 대한 전략을 펼쳐야 한다. 이 경우도 연애의 중반기부터 헤어질 계획을 세워야 여유가 있다.

섹스를 밝히는 사람과 사귀다가 헤어지는 방법

섹스를 밝히는 사람과 사귀다가 헤어질 때 가져야 할 자세.

- 우울하다, 마음이 내키지 않는다, 머리가 아프다는 핑계로 가벼운 데이트도 거절하라.
- 심장병과 고혈압이 있어서 병원에 예약했다고 말하라.
- 최근에 죽은 유명인이 '긴짜꾸' 애인의 배 위에서 죽었다는 허위 복상사 소문을 말하라.
- 혈액 순환 장애에 시달린다고 말하라.
- 의사가 당신에게 활동량이 많고, 고된 육체적 활동을 금했다고 하소연하라.
- 격렬한 섹스가 예정된 날은 아버지나 어머니의 제삿날이어서 섹스를 치를 기분이 나지 않는다고 미리 말하라.
- 비타민제나 알약 종류를 어떤 것이든 자주 삼키면서 힘 빠진

표정을 자주 짓는다.

- 섹스 중에 슬픈 생각을 하여 발기를 죽이고 아무래도 발기부전에 이른 것 같다고 말하고, 자주 피곤한 척한다.

이런 얘기들을 귀가 아프게 늘어놓으면 애인은 스스로 새로운 파트너를 찾게 된다.

그 사람은 성적 욕구 불만이 쌓이고, 당신이 육체적으로 더 이상 아무것도 해줄 수 없다는 인식을 하게 되면, 섹스를 밝히는 그에게 당신은 아무런 매력 없는 사람이 되기에 그렇다.

마지막 노하우 _이 책을 어디에 숨기면 될까?_

스님이 성경을 들고 있으면 이상하듯 점잖은 당신이(전혀 외도를 하지 않을 것 같은 당신이), '리스크 없이 바람피우기'라는 책을 지니고 있는 것을 상상하기 힘들다.

그러나 당신은 이 책을 지금 소지하고 있다. 이 책을 가지고 있다는 것은 당신이 바람피우고 있다는 것을 바로 증명해 준다. 따라서 어떻게 이 책을 보관할 것인지는 매우 중요한 문제다. 배우자가 찾지 못할 당신만의 비밀 장소가 있다고 생각될지라도, 신중을 기해야 한다.

물론 역설적으로 이런 책이 있다고 배우자에게 떠벌려 우스개로 만들어 버린 다음 떳떳이 보는 허허실실 작전도 쓸 수는 있다. 그러나 당신만이 아는 특별한 장소에 숨겨 두고 영원히 당신만 읽으라고 권한다.

그렇다면 이 책을 어디에 숨겨 두어야 할까? 무슨 무기처럼 경찰서에 영치를 할 수도 없고, 은행의 금고에 맡긴다는 것도 난센스이다. 어쨌건 숨길 곳을 생각해 보자.

우선 이 책의 표지 커버에 하나의 비결이 있다. 커버를 벗겨 뒤집어 보면, '리스크 없이 바람 피우기'가 아니라 '아름다운 우리 강 우리 산'이라는 전혀 새로운 책표지가 나온다. 대중교통수단을 이용한 출퇴근 시간에 이 책을 읽거나, 이 뒤집은 커버로 책을 싸면, 다른 사람들의 경멸스런 시선을 피할 수 있다. 집에 책을 보관할 경우에도 마찬가지로 커버 뒷면 표지로 책을 싸서, 대학 시절 교재나 예전에나 읽던 고전, 철학서 옆에 꽂아 두면, 여간해선 눈에 잘 띄지 않는다. 그리고 보통 이사를 해야 할 때나 하는 것이 책장 정리이다. 책장에서 가장 손이 안 가는 책들을 10권 정도 빼낸 다음 거기에다 이 책을 넣어 두고, 다시 책들을 꽂아 두면 감쪽같다.

또 하나의 소개할 비결은 바로 비디오 테이프 케이스이다. 이 책의 크기와 형태가 지금과 같은 이유가 바로 여기에 있다.

비디오 케이스에 꼭꼭 숨겨라

집집마다 서너 개 이상의 비디오 테이프가 있을 것이다.

이 책을 비디오 테이프 케이스 안에 숨기면 된다!

어떻게 하면 비디오 테이프 케이스에 감출 수 있을까?

집에 있는 비디오 테이프 가운데서 '임진한 골프 레슨' 또는 '민주당 5년 정책 정리' '다큐멘터리-꿀벌의 세계'와 같이, 배우자는 아무 관심도 없고, 단지 당신이 필요해서 샀거나 녹화해 놓은 비디오 테이프를 하나 찾는다. 비디오 테이프를 꺼내고 위장용 책 커버로 싼 이 책을 빈 케이스에 넣은 다음 제자리에 꽂아 두면 된다.

단, 약간의 수고가 필요하긴 하다. VHS 표준 비디오 테이프보다 이 책이 크기 때문에, 그대로는 케이스에 들어가지 않는다. 비디오 테이프를 고정하기 위해 케이스 내부에 돌출된 부분이 있기 때문이다. 펜치를 이용하면, 플라스틱으로 만들어진 돌출 부분은 쉽게 제거할 수 있다. 제거가 되었다면 책을 넣어 보라. 안성맞춤이란 말은 이럴 때 쓰는 것이다.

꺼낸 비디오 테이프는 집에 두지 말고, 가능한 한 집에서 멀리 떨어진 곳에다 버리면 된다. 만일 배우자가 우연히 케이스 없이 돌아다니는 비디오 테이프를 발견하게 되면 의심을 품을 것이고, 이 테이프의 케이스 안에는 뭐가 들었는지 찾아볼 수도 있으니까, 비디오 테이프 하나쯤 아까워도 그냥 버리라는 것이다.

쿨리지 효과
Coolidge effect

이 책의 맺음말을 '쿨리지 효과'로 대신 쓰는 이유가 있다. 인간, 그 중에서 남자들의 '한 명 이상의 성적 상대를 가지려는 욕구는 말릴 수 없는 본능'임을 강조하기 위해서다.

우리는 누구를 속이려는 궤변과 음모 능력 배가를 위해 책을 읽는 고생을 했다. 이제 끝날 때가 되긴 했지만 마지막 휴식을 취하자.

미국 대통령 쿨리지가 현역 시절 그의 마누라인 퍼스트 레이디와 함께 양계장을 방문한 에피소드다.

쿨리지가 그의 아내와 양계장을 갔던 날, 수탉과 암탉 한 마리가 진하게 사랑을 나누고 있었다. 미세스 쿨리지는 양계장 주인에게 물었다.

"저, 수탉은 기운이 아주 좋아 보이는군요! 하루 몇 번씩이나 저런 화끈한 정사를 치르지요?"

"네, 영부인! 5회 정도는 너끈히 할 것입니다요."

양계장 주인이 말에 미세스 쿨리지는 다시 말했다.

"내 남편이 못 들은 것 같은데, 큰 소리로 다시 한 번 말해
주시지요."
그러자 쿨리지는 선수를 치듯 말했다.
"늘 같은 암탉과 하나요?"
양계장 주인의 대답.
"그렇지 않습니다. 매번 파트너가 바뀌지요!"
쿨리지가 큰 소리로 외쳤다.
"내 아내가 안 들은 것 같으니 다시 한 번 말해 주시오."

하물며 닭들도 그러는데…… 하면서 인간이 고정 배우자
아닌 다른 상대와 외도를 하면서 둘러대는 핑계로 너무나 유
명한 '쿨리지 효과'를 설명했다.
실제로 이런 현상은 다른 동물들 세계서도 일반적으로 이
뤄지고 있는 일로 알려져 있다. 16세기의 유명한 수필가요,
사상가인 몽테뉴는 이런 글을 쓴 적이 있다.

"나는 암말의 냄새를 맡으며 날뛰는 늙은 종마를 타고 있었다. 종마는 자기 암말들 쪽으로 갔을 때는 별다른 행동을 보이지 않았다. 그러나 낯선 암말들이 있는 곳을 향해 가던 중 첫 암말이 풀을 뜯는 곳을 지나치자, 다시 끈적거리는 울음을 토해 내더니 전처럼 격렬하게 임김을 내뿜었다."

이야기를 좀더 이어 보자. 아프리카 카틀라 종족 출신의 한 남성이 두 아내와 성교를 할 때 갖는 감정을 묘사한 글이다.

"나는 둘 다 만족스러웠지만 한 명과 사흘을 지내고 났더니 싫증이 나더군요. 그래서 다른 아내에게 갔더니 더 큰 열정이 느껴졌어요. 뭐라 말하기 힘든 뜨거움 말이에요. 하지만 정말 그런 것은 아니었어요. 왜냐면 며칠 뒤 다시 처음 아내에게 기자 같은 열성이 느껴지는 것이 느껴졌으니까요."

인간들이 혼외 정사에 목을 매는 것은 자기 의지를 떠난 동물적 본능으로 종교적 성찰로 굳건히 묶이기 전에는 헤어나기 힘들다. 도덕적으로 용납하지 않거나 사회적으로 바람직하지 않다고 하는 것은 더 큰 혼란을 우려해서이지 살아 있는 것들의 본성을 부정하자는 것은 아니다. 그래서 법이 막고 있고, 법 아래에 버티고 있는 어쭙잖은 윤리가 막는 것이다.

더 이상 외도가 특별한 것이고, 죄의 유무가 어떻고를 논하지는 않겠다. 그걸 하는 건 당신의 자유니까. 우리는 단지 당신이 외도를 통해 얻는 것보다 잃는 것이 더 큰 것을 걱정해서 이런 책을 세상에 내놓았을 뿐이다.

아무리 우리의 특별한 경험과 상식이 광범위하고, 꼼꼼하게 조사하고, 모든 통계 자료를 자세히 검토했다고 해도, 물론 당신이 아무런 마찰도, 뒤탈도 없이 바람을 피울 수 있다는 보장은 못한다. 당신들이 양심상 마음먹은 대로 하지 못